Les
POLICIERS

La vengeance du chat

Armand Toupet

Illustrations de couverture
et d'intérieur :
Yves Beaujard

MAGNARD JEUNESSE

Collection animée par Jack Chaboud

Loi n° 49-956 du 16-07-1949 sur les publications destinées à la jeunesse.

1

NOUS étions tranquillement en train de prêter attention aux « I suppose that... » de notre prof d'anglais, quand la porte de la classe s'entrouvrit tout doucement. Sans doute était-elle mal fermée. Tout le monde tourna la tête et Miss Simpson interrompit ses questions. Comme nous, elle s'interrogeait sur la raison de cette ouverture intempestive. Un silence peu habituel s'installa. Sans trop savoir pourquoi, nous nous attendions à quelque chose d'insolite.

Comme le battant avait retrouvé son immobilité et qu'aucune présence humaine ne se manifestait, tout le monde pensa qu'il s'agissait simplement de l'effet d'un courant d'air. Notre miss reprit ses « I suppose that... » accompagnés de son sourire candide qui nous désarmait tous, surtout les garçons.

L'événement était sur le point d'être oublié quand la porte s'ouvrit de nouveau, légèrement. Nous vîmes alors sa tête apparaître au ras du sol. Carrée, trapue, avec un nez écrasé, deux oreilles pointues et des yeux à peine fendus où passait une lumière verte. Un chat ! Ou plutôt une tête de chat car le reste du corps demeurait encore de l'autre côté de la porte.

Un oh ! de stupéfaction parcourut la classe, tandis que Virginie, assise à côté de moi, me balançait un superbe coup de coude dans les côtes.

« T'as vu ? »

Je l'aime bien, ma copine Virginie, mais elle a souvent des questions saugrenues. Cette blague, bien sûr que je l'avais vu ! D'ailleurs, toute la classe l'avait vu et le regardait. Notre Miss Simpson en ajustait ses lunettes pour mieux le discerner. Il était l'inconnu, la surprise du jour. Pour elle, c'était pis encore. Un chat venant assister à son cours, ça dépassait l'entendement. Comme elle était gentille, et qu'elle aimait sûrement les bêtes, elle ne dit rien. Elle se contenta de sourire de nouveau.

Lui, pas fou, voyant que son arrivée ne déclenchait pas de cataclysme, il s'enhardit. Lentement, il entreprit de nous dévoiler le reste de son corps.

Il était gros et gras, tel le Raminagrobis cher à La Fontaine. Pas non plus de la première jeunesse, mais sa robe tigrée de chat de gouttière était propre et bien lustrée. Il était vieux, certes, mais pas trop, et surtout pas négligé pour un brin. Il resplendissait plutôt. Il paraissait le savoir tant il avait le port noble et assuré.

« Un vieux matou, lança Victor Lejeune, qui paraissait s'y connaître.

— Marmaou ! » fit son voisin de table, imitant à la perfection le cri du chat amoureux. Ce fut aussitôt une rigolade générale, de même qu'un rire franc de notre prof.

Elle voulut toutefois en savoir plus, quant à l'identité du visiteur.

« Quelqu'un le connaît-il ? » demanda-t-elle.

Le « non » fut unanime. Personne, avant l'instant présent, ne l'avait vu ni rencontré. Le vieux matou, comme venait de le nommer Victor, arrivait de nulle part. Il se créait déjà tout un mystère autour de lui.

Il semblait d'ailleurs peu se soucier de la curiosité qu'il soulevait. Très sûr de sa force, il pénétra plus avant. Il se dirigea sans hésiter vers notre Miss Simpson, sauta sur l'estrade, puis immédiatement sur le bureau. Là, il s'allongea sur ses quatre pattes et se mit à nous observer.

« Ça alors, me souffla Virginie, pour du culot, c'est du culot ! »

Son attitude nous surprenait tous. Les filles étaient d'accord avec Virginie : le vieux matou ne manquait pas d'audace. Elles en étaient choquées et ne se gênaient pas de le dire entre elles. Miss Simpson devait penser autrement puisqu'elle chercha à le caresser en avançant la main vers lui. Hélas, il la devança et lui interdit toute familiarité en retroussant ses babines et en lui lançant un « crich ! » à la fois réprobateur et menaçant.

Non mais des fois, pour qui le prenait-elle ?

Notre chère prof en fut profondément vexée, mais elle parvint à se ressaisir.

« Eh bien, dit-elle en s'adressant à nous, je crois que nous allons être forcés de le garder.

— Mademoiselle, intervint Victor, si vous le

voulez, je peux vous en débarrasser facilement. Les chats ne me font pas peur, même les vieux matous. »

Heureusement, il ne restait plus qu'une vingtaine de minutes avant la fin du cours, car notre attention ne fut plus la même. Nous écoutions, nous entendions les paroles de notre professeur, mais nos yeux demeuraient fixés sur le vieux matou.

Lui, toujours impassible, nous dévisageait. Il paraissait vouloir nous jauger et savoir ce que nous pensions de lui.

« Un cabotin, dis-je à Virginie.

— Plus que ça, me répondit-elle.

— Quoi alors ?

— Un envoyé de Satan. Regarde-le, n'a-t-il pas un aspect diabolique ? »

Je savais qu'elle lisait des tas de bouquins sur la sorcellerie et les phénomènes attribués au maître de l'enfer. Je convins que son appréciation n'était pas dénuée de fondement. En le regardant bien, je devais reconnaître que ses oreilles, dont l'une était à moitié déchiquetée, ressemblaient à des cornes. Il arborait aussi un rictus diabolique. Mais de là à penser qu'il nous était envoyé par le diable, il y avait un pas que seule Virginie était capable de franchir.

Lorsque la sonnerie annonçant la fin du cours se fit entendre dans le couloir, il se dressa sur ses pattes. Ensuite, il bâilla, s'étira longuement, nous dévisagea les uns après les autres ainsi que Miss Simpson, puis il sauta à terre. Sans hésiter, il se dirigea vers la porte tandis que nous rangions nos affaires.

« Ça alors, dit Virginie, il connaît le règlement. »

Nous en étions stupéfaits. Le vieux matou se comportait en habitué de notre collège. Victor se précipita pour voir dans quelle direction il se dirigeait.

« Incroyable, dit-il, il prend le chemin de la cantine. »

Pardi, il était midi et l'heure d'aller déjeuner.

« Il faut croire qu'il a faim », remarqua simplement notre miss avec son plus charmant sourire.

La façon de se comporter de notre vieux matou m'intriguait. Je me décidai à le suivre pour voir, si possible, où il se dirigeait. D'abord, je crus l'avoir perdu. Je dus courir dans le couloir pour l'apercevoir enfin. Il avait bifurqué sur sa droite et se dirigeait sans hésitation en direction de la cantine. Les garçons et les filles qui le croisaient, l'interpellaient en passant. Tous étaient surpris de le découvrir en ces lieux, mais ils pensaient qu'il appartenait soit au concierge, soit au principal, qui logeaient tous les deux à l'autre bout du collège.

Je me demandais s'il aurait l'audace de s'engouffrer réellement dans les cuisines, quand je le vis s'arrêter. Il réfléchit un instant, puis sauta sur le rebord d'une fenêtre et se laissa tomber ensuite de l'autre côté. Je m'approchai. Il s'agissait d'une petite cour où les cuisiniers entassaient leurs vieux emballages et déposaient leurs détritus.

Je le vis se glisser sans hésiter vers une poubelle. Il sauta dessus, parvint à force de coups de patte à en déloger le couvercle, puis se laissa glisser à l'intérieur. Une fois dedans, il leva la tête et m'aperçut. J'aurais juré qu'il arborait un sourire et me susurrait en douce : « Tu ne sais pas ce dont je suis capable. »

2

IL revint à plusieurs reprises, mais, chaque fois, lors de nos cours d'anglais. À croire qu'il aimait cette langue. Maintenant, il n'hésitait plus. Il pénétrait à l'intérieur de la classe dès le début de la leçon. Il allait s'installer ensuite sur le bureau de Miss Simpson dans sa position favorite, couché à plat ventre et face à nous. Un jour, notre prof lui adressa la parole en anglais. Il parut la comprendre, car il se dressa sur ses pattes et fit le gros dos, la queue dressée en l'air. Ce devait être chez lui une manifestation de satisfaction.

Nous nous habituions à lui, et lui à nous. Il se laissa vite caresser, émettant un fort ronronnement de plaisir quand nous le frottions entre les deux oreilles. Comme il ne dérangeait pas les cours, il fut toléré, puis adopté par tous. Bien vite, il devint notre mascotte. Le jour où il nous rejoignait avec un peu de retard, nous redoutions toujours qu'il lui fût arrivé quelque ennui.

Nous ne savions pas d'où il venait, ni où il allait quand il nous quittait. Il en était auréolé d'un mystère que nous aurions bien aimé découvrir. Seule, Virginie continuait d'assurer qu'il était un suppôt de Satan venu chercher une âme pour l'emmener en enfer. Bien des filles étaient d'ailleurs prêtes à la croire, tant il les intriguait.

Un jour, alors que j'étais en grande conversation dans la cour de récré avec Virginie et Édith, Victor vint nous trouver.

« Vous ne devinerez jamais ce que j'ai découvert, nous dit-il avec un air de satisfaction.

— Non, mais tu vas nous le dire.

— Il s'agit du matou.

— Tu sais d'où il vient ?

— Non, mais je sais où il va presque tous les soirs.

— Où ça ?

— Au cimetière.

— Au cimetière ?

— Comme je vous le dis. Dès la tombée de la nuit, il se glisse le long des murs de la rue Chanzy, arrive au coin du cimetière, grimpe le long d'un poteau téléphonique, saute sur le faîte du mur, puis se jette de l'autre côté. Ça fait plusieurs jours que je le vois faire son manège. »

Victor habitait lui-même dans la rue Chanzy, à moins d'une centaine de mètres du cimetière de notre petite ville. Notre collège n'en était pas très éloigné non plus.

« Je me demande bien ce qu'il va y faire », s'interrogea tout haut Édith.

C'était une question à ne pas poser en présence de Virginie, qui affirma sans sourciller.

« Ce n'est pas difficile à deviner.

— Ce qui veut dire ? » lui demandai-je en m'attendant au pire.

Elle ne fit aucune difficulté pour me répondre.

« Il s'en va au sabbat », m'affirma-t-elle avec la plus grande des convictions.

Elle s'expliqua aussitôt.

« Tout le monde sait que, pour le sabbat, les sorciers et les sorcières se réunissent de préférence la nuit dans les cimetières. Là, ils chantent et prennent les ordres de Satan. Ce que Victor a découvert confirme bien ma première impression. »

J'avoue que je commençais à m'inquiéter pour le mental de mon amie. Jusqu'ici, je croyais qu'elle nous racontait ses histoires de diableries afin de se donner un genre. Mais elle venait d'affirmer ce qu'elle pensait du vieux matou avec une telle conviction que j'en demeurai ébahi. Il n'était pas possible, à notre époque, qu'une fille intelligente comme elle puisse encore croire à de telles balivernes. Il est vrai qu'elle était originaire du Berry, pays des sorciers et des « jeteux » de sorts par excellence. Mais tout de même !

Afin de la faire revenir à plus de réalisme, je n'hésitai pas à déclarer :

« Le mieux, c'est d'y aller voir.

— Que veux-tu dire ? » s'enquit-elle aussitôt.

Victor, quant à lui, avait bien compris.

« C'est tout à fait mon avis, dit-il.

— Vous voulez dire que vous...

— Que nous allons guetter notre vieux matou, et le suivre dans ses pérégrinations.

— Dans le cimetière ?

— Pourquoi pas ?

— En pleine nuit ?

— Naturellement. Les morts ne sont pas dangereux, que je sache.

— Nicolas, me dit-elle d'une voix tremblante, n'y va pas. »

Je savais qu'elle m'aimait bien, ma petite copine Virginie, mais cette fois, j'en avais la preuve et j'en étais touché. Je voulus la rassurer.

« Ne crains rien, lui dis-je, il n'y a aucun danger.

— Et si nous tombons en plein sabbat, dit Victor qui passait pour n'avoir peur de rien, je te promets que nous disperserons tes sorciers à coups de pied au cul. »

Il ne riait pas, mais, au fond de lui-même, il s'amusait follement.

La sonnerie nous invitant à reprendre nos cours interrompit notre conversation. Nous devions aller nous plonger dans une heure de français avec madame Poulain, qui nous attendait sur le pas de la porte.

Je dois avouer que je ne fus pas un élève attentif. Il est vrai que je ne suis pas copain copain avec tous les pièges de la grammaire. J'écoutais gentiment ce que nous disait notre professeur, mais ma pensée était ailleurs. Elle voyageait à l'intérieur d'un cimetière en pleine nuit. Je voyais des êtres fantomatiques sortant des tombes, se réunissant et se mettant à danser au son d'une musique diabolique. C'était un sabbat venu tout droit de l'enfer pour m'accueillir personnellement.

En vérité, j'avais fait le fanfaron devant les filles, mais je commençais à le regretter. Au fond, je n'étais pas si courageux que je voulais le paraître. Heureusement, je serais avec Victor. Lui, c'était un audacieux, même un téméraire.

J'en étais dans mes voyages parmi les tombes, quand je m'entendis appeler.

« Mazeaud, voudriez-vous me dire comment s'accordent les participes passés des verbes transitifs et intransitifs employés pronominalement ? »

Oh là là, quel réveil ! Je n'en savais absolument rien, et la sortie de mon rêve était assez brutale. Heureusement, Virginie était plus attentive que moi. D'ailleurs, elle savait toujours tout. Je la vis griffonner à la hâte quelque chose sur un morceau de papier et le tourner, mine de rien, dans ma direction.

Je pris tout mon temps pour me lever avant de répondre, et je pus lire ce qu'elle avait écrit.

« Ils s'accordent en genre et en nombre comme ceux employés avec avoir, répondis-je avec aplomb.

— Bien. »

Ouf ! j'avais eu chaud. Sans ma copine, je n'y coupais pas d'une colle. Heureusement qu'elle était là, ma petite sorcière.

3

NOUS avions convenu d'attendre le mercredi soir pour notre surveillance du vieux matou, suivie d'une expédition dans le cimetière. Nous aurions mieux le temps ce jour-là.

Victor avait senti mon hésitation. Aussi, n'y alla-t-il pas par quatre chemins.

« Tu es toujours d'accord, ou bien tu te dégonfles ? »

Un moment, j'eus envie d'opter pour la seconde réponse, mais ma fierté était en jeu. Je répondis du tac au tac :

« Je n'ai pas l'habitude de revenir sur mes décisions. N'oublie pas que c'est moi qui en ai eu l'idée.

— D'accord, fit-il, mais j'ai cru un moment que tu avais la trouille.

— À cause de ce qu'a dit Virginie ?

— Tout à fait, et comme c'est ta copine...

— Justement ; c'est pour ça que je veux y aller ! Elle verra que notre vieux matou est bien un chat comme les autres et non un animal venu de l'enfer. »

À la maison, je décidai de mettre ma sœur Suzon au courant. Elle avait douze ans, tout juste treize mois de moins que moi, et elle était devenue ma confidente. Je lui racontais tout. De son côté, c'était pareil. Tout au moins, je le pensais.

Pleine de raison et les pieds sur terre, je pouvais avoir confiance en elle et en ses conseils. Elle ne manquait jamais de me les prodiguer, comme si c'était moi le cadet. D'ailleurs, ils étaient toujours judicieux. Comme mon père, représentant de commerce, était souvent absent et que ma mère travaillait dans une pharmacie, nous étions un peu livrés à nous-mêmes. C'était ma sœur qui était devenue l'élément fort de la famille. Il est vrai que nous avions aussi nos grands-parents maternels, qui habitaient un petit pavillon tout proche. Nous pouvions toujours compter sur leur appui. Surtout sur celui de papy.

« Il se pourrait, dis-je à Suzon, que je sois un peu en retard pour le dîner. Dis à maman que je suis chez Victor et que nous avons un texte à étudier en commun.

— Je me demande si ce n'est pas un peu idiot, ce que vous allez entreprendre, me répondit-elle.

— Pourquoi ?

— Parce que, au fond, ce chat, vous n'en avez rien à faire. Il est bien libre d'aller au cimetière si ça lui chante. D'ailleurs, il y va peut-être seulement pour chasser les souris.

— C'est possible. Pourtant, avoue que ce n'est pas un chat comme les autres. J'ai l'impression qu'il nous cache quelque chose, et que son secret est peut-être dans le cimetière. Pourquoi attend-il la tombée de la nuit pour y aller ?

— Bof ! tout simplement parce que c'est la nuit que les rats et les souris sortent de leur trou.

— Ouais.

— Et tu n'as pas peur d'y aller toi, au cimetière en pleine nuit ? »

Je voulus être franc avec elle.

« Si, un peu, mais j'essaie de me raisonner. Ce n'est pas parmi les morts que le danger existe. Je crois plutôt que c'est chez les vivants.

— Bien sûr, mais toutes ces tombes, toutes ces croix, tous ces morts. Moi, j'en ai la chair de poule. Alors, la nuit...

— Virginie dit que c'est dans les cimetières que les sorciers se réunissent pour leurs cérémonies secrètes. »

Ma petite sœur éclata de rire.

« Je ne voudrais pas te faire de la peine, dit-elle, mais ta Virginie, elle est parfois un peu dingue.

— Elle vient d'une région où on croit beaucoup à ça. »

Je regardai ma montre. Il était temps que j'aille retrouver Victor. J'embrassai Suzon.

« Allez, je me sauve.

— Fais gaffe quand même.

— Tu parles ! »

La nuit avait commencé de tomber. Dans le ciel, la lune s'était accrochée avec la ferme intention de bien éclairer notre expédition. « Pleine lune, pensai-je, il paraît que les fous et les malades en subissent la mauvaise influence. Virginie dirait que c'est aussi par le temps de pleine lune que les sorciers et les sorcières vont au sabbat. »

Je ne pus m'empêcher de constater que la coïncidence était tout de même étrange. J'allais pénétrer dans un cimetière à la suite d'un chat que ma copine désignait comme étant un suppôt de Satan, et la lune était pleine. De quoi éprouver un frisson, non ?

« Alors quoi, tu vas te ressaisir ? » me dis-je.

Bien sûr. Je m'évertuai à regarder les autos qui avaient allumé leurs phares, les boutiques dont les vitrines resplendissaient de lumière. Cette illumination me donna du courage.

« Nico, nous sommes ici ! »

Tiens, c'était la voix de Virginie.

Je n'eus pas le temps de réagir qu'elle me déboulait dessus et m'embrassait.

« Avec Édith, me dit-elle, on a voulu être présentes.

— Vous venez avec nous ?

— Non, pas dans le cimetière. On veut seulement le voir arriver. On vous attendra au-dehors. Pour savoir. »

J'embrassai Édith, qui était moins volubile que sa copine.

« Et puis, dis-je avec une certaine suspicion, comme ça, vous serez certaines qu'on y sera bien allés.

— Oh ! fit-elle indignée, ça, c'est pas vrai. La preuve, c'est que je t'ai apporté quelque chose.

— Quoi ?

— Tiens. »

Elle me tendit un petit sac en plastique contenant une matière que je ne parvins pas à définir sur le champ.

« C'est quoi ?

— Du sel.

— Du sel ?

— Oui.

— Et pour quoi faire ?

— Pour conjurer le mauvais sort et faire fuir les envoyés du diable. C'est le meilleur moyen. Chez nous, on en fait souvent usage pour chasser les malédictions. Le sel et l'eau bénite, c'est bien connu. Comme je n'avais pas d'eau bénite, je t'ai apporté du sel. »

Cette fois j'étais effaré. Je la pris par les épaules et la regardai les yeux dans les yeux.

« Dis, t'as pas un peu fini avec tes idioties ? On n'est plus au Moyen Âge, Virginie, mais à la fin du vingtième siècle, à l'époque de la télévision, de l'informatique et de la bombe atomique. Si tu continues, je vais croire que t'es vraiment dingue. »

Je vis une larme qui coulait de ses yeux.

« Je sais, me répondit-elle tout en reniflant, mais chez nous, on pense autrement, et je veux te protéger à ma façon. Tu n'y crois pas ? D'accord. Mais prends-le quand même, rien que pour me faire plaisir. »

Pour ne pas la vexer, je pris le sac et le fourrai dans ma poche.

« En cas de besoin, dit-elle, tu en prends une poignée et tu la jettes devant toi.

— C'est ça, j'y penserai. »

Je vous assure qu'elle m'inquiétait de plus en plus. Nous nous mîmes en faction sur le trottoir d'en face, à l'ombre d'une porte cochère. Là, serrés les uns contre les autres, nous n'avions plus qu'à attendre la venue du visiteur. D'après Victor, il était d'une ponctualité rigoureuse. C'est un fait qui m'a toujours surpris chez les animaux. On dirait qu'ils ont une véritable pendule dans la tête.

Ce fut Victor qui l'aperçut le premier.

« Le voici ! Il arrive près de la boutique du marchand d'articles funéraires.

— Je le vois aussi », souffla Édith.

C'était bien lui, avec sa magnifique fourrure tigrée. Il avançait lentement le long des murs et se tenait à l'écart des passants. Il s'arrêtait de temps en temps, regardait derrière lui, autour de lui. On aurait dit qu'il redoutait d'être suivi. Une méfiance instinctive, sans doute. Quand il était rassuré, il repartait.

« Un gangster s'en allant faire un mauvais coup. »

Un gangster, peut-être, mais quelle allure ! Légèrement ramassé sur ses pattes, le cou tendu en avant, la queue allongée dans le prolongement du corps, il avançait. Un véritable félin.

Tout en lui était souplesse, force cachée, détermination. Il savait où il allait. Nous l'admirions. Il prenait le maximum de précautions, épousant la forme des murs, se faufilant dans les coins d'ombre, évitant toute lumière. Lorsqu'un humain se présentait, il se tassait le long d'une porte pour le laisser passer.

« Attention, il va traverser la petite rue pour atteindre le cimetière. »

Il s'arrêta, regarda à droite, à gauche, et il s'élança. En deux bonds, il fut sur l'autre trottoir.

« Maintenant, le poteau téléphonique », nous souffla Victor, qui connaissait les moindres gestes qu'il allait faire.

Il se dirigea en effet vers le poteau de bois. Une fois au pied, il fit semblant d'abord de ne pas s'en préoccuper. Il se frotta contre lui en faisant le gros dos, regarda si personne ne l'observait, et, d'un seul coup, il grimpa avec une agilité extrême. Parvenu au faîte du mur, il y demeura l'espace d'une seconde, puis il sauta de l'autre côté.

« Vous avez vu ?

— Étrange, dit Édith.

— À nous de jouer, lança Victor. La grille d'entrée est fermée à clé mais, un peu plus loin, dans la petite rue, il y a un poteau électrique en béton avec des alvéoles pour grimper. »

Heureusement, car je n'étais pas aussi agile que le chat. Je ne me voyais pas en train de me mesurer avec le poteau de bois.

« À tout à l'heure, les filles. »

4

EN bon chef d'expédition, Victor avait bien repéré les lieux. Dans la petite rue, il existait réellement un poteau de l'EDF. Il allait nous permettre de nous hisser facilement jusqu'au sommet du mur. Malheureusement, il supportait aussi un globe électrique qui éclairait tout le coin.

« Si on ne se fait pas remarquer !

— Il n'y a personne. »

Effectivement, la rue n'était pas très passante. De l'autre côté, les maisons avaient leurs volets clos.

« On y va ?

— On y va ! »

Il passa le premier. Presque aussi souple que le chat, il arriva en haut en moins de deux secondes. Je le suivis aussitôt, tout en essayant de ne pas me montrer trop maladroit.

« Et maintenant, on saute. »

On sauta et on se retrouva entre deux tombeaux au milieu de pots de fleurs. Il me sembla bien en avoir écrasé un, mais je ne m'arrêtai pas à une telle considération.

Victor se faufila aussitôt le long du mur et gagna un endroit moins éclairé. Je le rejoignis derrière une sorte de cyprès haut de deux à trois mètres. Là, je m'accroupis comme lui et me mis à considérer le paysage. À perte de vue : des tombes avec des croix qui se dressaient dans la demi-obscurité de la nuit. Elles semblaient vouloir parler à la lune qui les dominait et agrandissait leur ombre. Un oiseau de nuit passa avec un bruit d'ailes froissées. J'en frissonnai.

« Où peut-il bien être ?

— Pourvu qu'on le retrouve.

— Tendons l'oreille. »

On percevait, au-delà du cimetière, le bruit de la circulation automobile. Parfois, un camion passait.

Son grondement dominait le ronronnement continu des voitures. Nous commencions à désespérer, quand j'entendis un miaulement, suivi aussitôt d'un autre qui semblait lui répondre.

« On dirait qu'ils sont deux.

— Peut-être bien qu'il vient seulement retrouver une chatte de sa connaissance.

— Allons voir. »

Courbé en deux, Victor se glissa entre les rangées de tombes. Je le suivis en essayant de faire le moins de bruit possible. De temps en temps, nous nous arrêtions et nous tendions l'oreille. Un moment, je me trouvai face à un tombeau avec une photographie du disparu posée sur la pierre. À la lumière de la lune, je le distinguais parfaitement. Il s'agissait d'un homme en costume noir et nœud papillon. Peut-être photographié le jour de son mariage. J'eus l'impression qu'il me regardait, puis qu'il m'interpellait en me faisant des reproches.

« Dis, qu'est-ce que tu fais là ? Tu ne peux pas nous laisser en paix ? »

J'en fus parcouru par un long frisson et je m'empressai de me faufiler un peu plus loin.

« On n'entend plus rien », dit Victor.

Au même moment, une ombre lui fila entre les jambes en miaulant de fureur.

« On peut dire qu'il m'a fait peur !

— Ce n'est pas le nôtre.

— Non, celui-là est tout noir.

— Ici, les chats, ce n'est pas ce qui manque.

— Le sabbat, Nico, le sabbat, comme dit Virginie ! »

Il ne croyait pas si bien dire. Nous les découvrîmes brusquement au milieu de l'allée sablée, juste au pied de la grande croix de pierre. Ils étaient bien une dizaine : des gros, des petits, des noirs, des tigrés, et, les dominant tous de sa puissance, le nôtre, le vieux matou !

C'était le plus gros, le plus imposant. Et il faisait le beau au milieu de tous ! Grâce à la lune qui semblait vouloir participer à leurs ébats, nous les distinguions facilement. Ils se frottaient les uns contre les autres, se parlaient dans leur langue avec des accents plus ou moins rauques. Parfois, ils émettaient de véritables feulements de fauves. De temps en temps, certains se lançaient des coups de patte et bondissaient comme des ressorts. On aurait pu croire qu'il s'agissait de batailles, mais ce n'étaient que des jeux.

« Virginie a presque raison, dis-je à mon copain, c'est à un véritable ballet satanique que nous assistons. »

D'un seul coup, comme sous l'effet d'une baguette magique, tout cessa. Ils s'éparpillèrent et s'enfuirent dans toutes les directions.

« Et le nôtre, où va-t-il ?

— Là, vers le fond du cimetière !

— Suivons-le. »

Hélas, il avait disparu et nous dûmes fouiller dans une grande partie des tombes avant de le découvrir.

« Je le vois !

— Ou ça ?

— Couché au milieu des fleurs. »

Il était effectivement roulé en boule au creux d'une couronne de fleurs fanées posées sur une humble et récente sépulture. Une simple boursouflure de terre avec une croix de bois plantée à sa tête.

« Qu'est-ce qu'il fait là ? me souffla Victor.

— Ben tu vois, il dort.

— Et pourquoi ici ?

— Je n'en sais rien.

— On avance ?

— D'accord. »

Je fis quelques pas. Victor me suivit. Le vieux matou ne parut pas nous entendre car il ne fit aucun mouvement. Bientôt, nous fûmes au pied de la tombe, à moins de deux mètres de lui. Je le vis ouvrir un œil, puis le refermer aussitôt. Seul le bout de sa queue ramenée près de son nez battit à plusieurs reprises. Sans doute pour nous dire de le laisser en paix. Victor décida de l'interpeller à voix haute.

« Hé ! vieux, tu dors ? »

Aucune réponse. Notre matou restait de glace.

« Tu nous entends ? »

Pas de réaction.

Mon copain s'approcha de lui avec la ferme intention de le toucher. Ce fut alors une véritable explosion. Il se mit à feuler, à cracher dans notre direction en relevant ses babines et en montrant ses dents. Il devenait menaçant. Jamais je ne l'avais vu dans un tel état. Un véritable fauve.

Comme Victor avançait de nouveau la main vers

lui, il se dressa sur ses pattes et lança deux coups de griffes dans sa direction.

« Nico ?

— Quoi ?

— Tu ne crois pas qu'il a tout d'un suppôt de Satan, comme dit ta Virginie ?

— C'est un peu vrai.

— Alors, fiche-lui une poignée de sel dans les moustaches !

— Tu veux rire ?

— Bien sûr, mais je tiens à voir sa réaction. »

Comme moi, Victor ne croyait pas du tout aux sorciers et aux envoyés du diable, mais l'idée de l'asperger de sel lui plaisait. Une sorte de vengeance pour le mauvais accueil qu'il nous faisait.

Je n'hésitai pas. Je fouillai dans ma poche, sortis le petit sac en plastique, plongeai ma main dedans, et vlan ! je lui balançai une poignée de sel en pleine face. Sa réaction fut immédiate. Il poussa un cri épouvantable, sauta comme sous l'effet d'une bombe puis disparut aussi vite qu'un coup de vent.

Un immense éclat de rire jaillit en même temps de nos deux poitrines.

« Virginie a raison, dit Victor entre deux hoquets, le sel, y a pas mieux. »

Le chat disparu, nous n'avions plus rien à faire dans le cimetière. Il fallait aller raconter notre aventure à nos deux copines. Seulement, je me demandai soudain comment nous allions faire pour franchir le mur dans l'autre sens. De ce côté, il n'y avait pas de poteau électrique pour nous aider à passer. Je posai la question à mon ami.

« T'en fais pas, me répondit-il, j'ai tout prévu.

— Et alors ?

— Nous allons simplement passer par la grille d'entrée.

— Elle est fermée à clé.

— D'accord, mais elle est à deux battants, et l'un d'eux est maintenu par le crochet intérieur. Tu fais sauter le crochet, tu tires les deux battants en même temps et le tour est joué. »

Chapeau bas : il avait pensé à tout. Moi tout seul, je n'aurais jamais su.

5

SANS plus tarder, Victor se dirigea vers la grille d'entrée. Avant de le suivre, je me retournai une dernière fois vers la multitude de tombes et de croix qui s'effaçaient dans la nuit. L'épreuve n'avait pas été si redoutable que je l'avais supposé. J'avais réussi à vaincre mon appréhension, et j'en étais fier.

« Tu vois le crochet ? dit mon ami.

— Oui. »

Il le souleva, le posa doucement à terre, puis entreprit de tirer en même temps sur les deux battants qui s'ouvrirent.

« On refermera du mieux possible », dit-il.

Seulement, on ne s'attendait pas à ce qui nous

arriva. Nous avions à peine franchi le seuil que des hommes nous tombèrent dessus. Ils nous empoignèrent par les épaules et nous collèrent au mur du cimetière, la face contre les pierres.

« Police ! dit l'un d'eux.

— Ne bougez pas, petits salopards », rugit un autre.

Ils étaient quatre. Je me demandais bien ce qui nous arrivait. Nous nagions en plein polar américain. Certes, je savais que nous avions commis une infraction en nous introduisant de nuit dans le cimetière, mais de là à nous traiter comme des bandits ?

« Tournez-vous.

— Tendez vos mains. »

En moins de deux, nous fûmes menottés. Ce fut alors que Victor m'époustoufla. Se souvenant sans doute des films de la télé, il leur lança :

« Police, c'est facile à dire, vous avez une carte ? »

Le petit gros qui était près de lui, lui lança une claque.

« Tiens, la voici ma carte.

— Ça c'est lâche, répliqua Victor sans se démonter.

— Quoi ?

— Je dis que pour frapper un homme qui a des menottes aux mains, il n'y a pas besoin d'être courageux. »

Je l'admirais, mon copain. Quel cran, quelle audace, quel sang-froid aussi ! Et puis, il avait dit « un homme » en parlant de lui. C'est vrai qu'il allait bientôt avoir quatorze ans.

Il était sur le point de prendre une autre baffe quand celui qui devait être le chef intervint.

« Arrête, Arsène, c'est un gamin. »

Des gens commençaient à s'amasser autour de nous. Certains demandèrent ce qui se passait. Une question que je me posais également, lorsque j'entendis une femme affirmer :

« C'est ceux qui ont saccagé les tombes ! »

Je compris aussitôt. Quelques jours auparavant, j'avais lu dans le journal que des vandales s'étaient introduits dans le cimetière. Ils avaient barbouillé des tombes de juifs de croix gammées et d'autres inscriptions nazies. On nous prenait pour eux.

J'en étais là de ces réflexions quand j'entendis une voix qui m'appelait.

« Nico ! »

C'était celle de Virginie. Je la vis s'approcher en compagnie d'Édith. Un policier les aperçut également, les prit par le bras et les amena devant nous.

« Ces filles sont avec vous ?

— Non, non, m'empressai-je de répondre, ce sont seulement des camarades de classe. »

Elles comprirent qu'elles avaient intérêt à nous abandonner à notre triste sort et repartirent vers la foule qui commençait à grossir. Parmi elle, la conversation allait bon train. J'entendis des commentaires stupéfiants.

« À cet âge, disait une voix, si ce n'est pas malheureux !

— La maison de correction, répliquait une autre, c'est le seul remède.

— Y a qu'à les jeter au trou », lançait une troisième.

C'était celle d'un homme assez âgé. Sans doute un ancien militaire. Nous mettre au trou ! J'avais bien l'impression que c'était ce qui nous attendait.

Je voulus tenter ma chance et m'expliquer.

« Pardon, monsieur l'inspecteur, dis-je.

— Commissaire », rectifia-t-il.

Mince, un commissaire ! On ne se moquait pas de nous. Je repris.

« Pardon, monsieur le commissaire, je crois qu'il y a un malentendu.

— Oui, lequel ?

— Nous n'avons rien fait, et nous ne sommes pas ceux que vous cherchez.

— Parce que tu sais que nous cherchons quelqu'un ? »

J'avais l'impression que nous n'arriverions pas à nous comprendre. Je m'armai de courage.

« Je viens d'entendre dire que nous étions ceux qui ont profané des tombes la semaine dernière.

— Et alors ?

— Eh bien, c'est pas nous.

— C'est ce qu'il vous faudra prouver.

— Grave erreur, lança Victor.

— Comment ça ?

— Ce n'est pas à nous de prouver que nous sommes innocents, mais à vous de prouver que nous sommes coupables. C'est la loi. »

Décidément, mon copain en savait des choses !

Seulement, j'avais l'impression qu'il n'était pas très diplomate. Ce n'était pas le moment de mettre le feu à la baraque. Le commissaire le lui fit bien comprendre.

« Toi, ne fais pas trop le malin », lui dit-il sans ménagement.

Victor se rendit compte de son erreur. Il se réfugia dans le silence le plus complet. Ça devait lui être très pénible.

« Et maintenant, reprit le commissaire en se tournant vers moi, nous allons entreprendre une petite balade à l'intérieur du cimetière pour voir si vous avez commis de nouvelles dégradations. »

Je voulus tenter de plaider à nouveau notre cause.

« Monsieur le commissaire, je vous jure que ce n'est pas nous.

— Alors, me demanda-t-il, qu'alliez-vous faire cette nuit dans le cimetière ?

— C'est à cause du chat.

— Du chat ?

— Nous avons remarqué qu'un gros chat s'introduisait dans le cimetière, chaque soir à la même heure. Nous avons voulu savoir ce qu'il venait y faire.

— Tout simplement.

— Ben oui, monsieur le commissaire, tout simplement. »

Manifestement, il peinait à me croire.

« Un chat. Tu ne pourrais pas trouver quelque chose de plus crédible ?

— Mais c'est la vérité, la vraie !

— Et c'est pour ça que vous avez grimpé sur le poteau électrique de la petite rue ? »

Je fus stupéfait d'une telle précision.

« Comment le savez-vous ? lui demandai-je.

— Vois-tu, mon garçon, la police sait toujours tout. »

Il avait l'air de s'amadouer peu à peu. Il poursuivit :

« C'est la voisine d'en face qui vous a vus. Elle s'est empressée de nous téléphoner. Depuis les événements de la semaine dernière, elle surveille. »

Je commençais à mieux comprendre ce qui s'était passé. Dès le coup de téléphone, ils s'étaient précipités et nous avaient attendus à la sortie. Clair comme de l'eau de source.

Les policiers nous poussèrent devant eux et la visite des tombes commença à la lueur de leurs lampes électriques. Ils voulurent les voir toutes, les unes après les autres. Heureusement que le cimetière n'était pas très grand. On prenait un rang à un bout, on allait à l'autre extrémité, et on recommençait. À un moment, je passai près de celle avec la photographie du mort posée sur le marbre. Eh bien, c'est peut-être difficile à croire, mais j'eus l'impression qu'il rigolait et me lançait : « Je t'avais dit de nous laisser en paix ! »

Le commissaire commençait à trouver le temps long, mais il était consciencieux. Il tenait à tout inspecter. Notre petit cortège arriva bientôt au carré réservé aux fosses communes. Pour elles, pas de pierre tombale, seulement un amoncellement de terre plus ou moins tassée et une croix de bois plantée en tête.

Brusquement, je pris le bras du policier et je l'arrêtai.

« Monsieur le commissaire, regardez-le, il est là. »

Je lui désignai de la main la tombe qu'il venait d'éclairer.

« Qui ça ?

— Le chat, celui dont je vous ai parlé. »

Effectivement, notre vieux matou avait repris sa place au milieu des fleurs fanées. Il dormait. Le commissaire l'éclaira. La lumière le réveilla, mais il ne se sauva pas. Il se contenta de nous montrer les dents en grognant et en faisant battre le bout de sa queue.

« Belle bête », remarqua celui qui s'appelait Arsène.

Le commissaire promena la lumière de sa lampe jusque sur la croix. Je pus lire le nom du défunt : Jacques Duplantin.

« Tiens, tiens, c'est bizarre, murmura le policier.

— Pourquoi ?

— Parce que c'est la tombe d'un ancien professeur d'anglais décédé il y a quelques jours dans des conditions un peu suspectes. C'est sans doute son chat qui est là.

— Un professeur d'anglais de notre collège ?

— Oui, mais en retraite depuis cinq à six ans. Un original, à ce qu'on m'a dit. »

Tandis que le commissaire reprenait sa marche en direction d'autres tombes, je m'approchai de Victor et lui glissai :

« T'as entendu ?

— Parfaitement.

— Tu crois que c'est son chat ?

— Pas de doute. Il sait que son maître est là, et il vient passer ses nuits en sa compagnie. C'est de la fidélité où je ne m'y connais pas. »

J'avais entendu dire que des chats avaient fait des centaines de kilomètres pour rejoindre leur maître. Je ne m'étonnai pas de ce que faisait notre vieux matou. Je l'en admirais encore plus.

« Et peut-être bien qu'il venait autrefois avec lui au collège, dis-je à Victor.

— Faudra qu'on se renseigne, me répondit-il, mais j'en suis presque certain. T'as vu comme il connaît les lieux ? Qui sait d'ailleurs s'il n'habitait pas avec son maître dans un des logements de fonction ? »

Nous commencions à y voir beaucoup plus clair dans les mystères qui entouraient notre vieux matou. Les policiers n'ayant trouvé aucune dégradation, l'inspection fut terminée. Tandis que nous retournions en direction de la grille d'entrée, je fis remarquer au commissaire :

« Vous voyez bien que ce n'est pas nous.

— Aujourd'hui peut-être, me répondit-il, mais la semaine passée ? »

Je me tus sur le moment puis je lui dis :

« Nous ne sommes pas des bandits, monsieur le commissaire, vous ne pourriez pas nous enlever les menottes ?

— C'est le règlement, mon garçon. Cependant, si vous me promettez de ne pas chercher à vous enfuir, je veux bien vous les enlever dès que nous arriverons à la voiture.

— Je vous le jure, monsieur le commissaire.

— Moi aussi », dit Victor qui avait tout entendu.

Il venait de parler de voiture.

« Vous nous emmenez avec vous ? lui demandai-je.

— Oui. Il faut que nous allions au commissariat pour que vous y fassiez votre déposition. Je n'y peux rien. Une enquête est ouverte, un juge est chargé de l'instruction et des plaintes ont été déposées. La procédure doit suivre son cours.

— Et nos parents ? Ils vont s'inquiéter.

— Nous allons les prévenir.

— Eh bien, dit Victor, on va avoir droit à la sérénade. »

6

LE panier à salade nous attendait à la sortie du cimetière. Des gens aussi qui avaient appris la nouvelle. Ils voulaient voir la tête des jeunes voyous qui avaient osé profaner des tombes. Au second rang, j'eus le temps d'apercevoir Virginie et Édith, alors qu'on nous enlevait nos menottes comme nous l'avait promis le commissaire.

Des murmures réprobateurs s'élevèrent. Le flash d'un appareil photographique nous fixa pour l'avenir dans cet instant délicat. La presse avait été prévenue et elle était arrivée sur les chapeaux de roue. Pour la première fois de ma vie, j'allais en avoir les honneurs.

Virginie devait avoir raison. Notre vieux matou avait certainement des relations avec le diable pour nous avoir fourrés dans un tel pétrin.

Je fus saisi d'une honte indescriptible quand je montai dans le fourgon cellulaire et que je m'assis entre deux policiers. En une fraction de seconde, je venais d'imaginer les bandits qui m'avaient précédé. Heureusement, je parvins à me ressaisir en me répétant que j'étais innocent. J'étais la victime d'une erreur judiciaire. Mon copain Victor était devenu muet. Ça n'était pas dans ses habitudes et ça m'inquiétait. Qu'allait-il dire quand il se déciderait à parler ?

Je n'étais jamais entré dans un commissariat de police. Mon cœur en piqua une pointe de vitesse que j'eus toutes les peines du monde à maîtriser. L'activité qui y régnait me surprit. À différents bureaux, des gens étaient installés face à des policiers qui les interrogeaient.

Presque tous parlaient à voix basse. Ils paraissaient déjà ressentir sur leur tête le poids de la justice. Presque tous, sauf une femme d'une quarantaine d'années qui s'insurgeait avec véhémence contre son arrestation. Le bruit de sa voix à l'accent chantant dominait tout le commissariat.

On nous confia tous les deux à Arsène, le policier qui avait giflé Victor. D'un ton sec, il nous demanda de vider toutes nos poches sur la table placée devant nous. Je m'exécutai sans broncher et Victor fit de même. Seulement, quand je déposai le sac de sel à moitié plein que m'avait confié Virginie, Arsène bondit. Il s'en saisit aussitôt.

« Qu'est-ce que c'est que ça ? »

Je n'eus pas le temps de répondre, Victor me devançait.

« Pas grand-chose, monsieur le policier.

— C'est-à-dire ?

— Seulement un peu de NaCl.

— De quoi ?

— De chlorure de sodium, si vous préférez. Une sorte de drogue dont on se sert beaucoup de nos jours. »

L'idiot, l'imbécile ! Au lieu de calmer le jeu, il soufflait dessus. Quand Arsène découvrirait qu'il se payait sa tête, on allait sûrement en subir les conséquences.

Il ajouta même le plus innocemment du monde :

« Mélangé à des aliments, ça crée un plaisir non négligeable. »

L'autre nous dévisagea d'un air soupçonneux. Il se décida ensuite à ouvrir le sac, à prendre une pincée de son contenu du bout des lèvres. Il nous fallut une volonté de fer pour ne pas éclater de rire.

« On dirait du sel, dit-il.

— Appelez ça comme vous voudrez », dit Victor conciliant.

Arsène fit signe à un de ses collègues qui passait, puis lui tendit le petit sac.

« À ton avis, c'est quoi, ça ? »

L'interpellé regarda, soupesa, palpa, goûta.

« Ben c'est du sel !

— Je n'ai jamais dit le contraire », assura Victor.

C'était la vérité, mais il eut juste le temps d'esquiver la claque qui lui était destinée.

Le policier se tourna vers moi qui devais lui paraître moins insolent. Et puis, c'était moi qui étais le propriétaire de l'objet en question.

« Et c'est pour quoi faire, ce sel ? » me demanda-t-il.

Je résolus de continuer sur la lancée de Victor.

Déjà, le visage de notre adversaire commençait à donner des signes d'apoplexie.

« C'était pour le chat, monsieur le policier.

— Pour le chat ?

— Oui, pour le lui lancer dessus. Pas sur le bout de la queue comme on le fait pour les oiseaux, mais en pleine figure. Virginie assure que c'est le meilleur moyen avec l'eau bénite. »

Le malheureux s'embrouillait.

« L'eau bénite ! Qu'est-ce qu'elle vient faire là-dedans ?

— Rien. »

Je poursuivis.

« Rien, puisqu'on n'en avait pas.

— C'est pour ça qu'on a accepté le sel », renchérit Victor.

Arsène explosa.

« Dites, les gamins, vous ne vous ficheriez pas de moi, par exemple ? »

On protesta en chœur de notre bonne foi.

« Mais pas du tout ! »

Victor eut même l'audace d'ajouter :

« On n'oserait pas, monsieur le policier, et je vous jure que c'est la vérité.

— On vous l'a dit, repris-je à mon tour, c'est seulement pour le chat qu'on est allé dans le cimetière, pas pour autre chose. Seulement, Virginie avait peur qu'on tombe en plein sabbat. C'est pour ça qu'elle nous a donné du sel.

— En plein sabbat, c'est bien ça que vous me dites ?

— Oui, monsieur le policier. D'après Virginie, c'est dans les cimetières, par les nuits de pleine lune, que les chats tiennent leurs sabbats.

— Exactement comme les sorcières », appuya Victor.

Je voulus préciser.

« Tout au moins, c'est ce qu'affirme Virginie. »

Cette fois, le visage de notre interlocuteur devint couleur d'aubergine bien mûre.

« Et qui c'est ça, Virginie ?

— Une copine à nous, monsieur le policier. Peut-être bien qu'elle est un peu sorcière, car elle a des tas de connaissances que les autres n'ont pas. »

Le commissaire arriva sur ces entrefaites. Il examina ce que nous avions déposé sur la table tout en écoutant d'une oreille distraite les explications d'Arsène.

« Bien, lui dit-il, je vais m'occuper d'eux. »

Il nous invita à le suivre jusqu'au fond de la pièce. Victor fut confié à un inspecteur et j'eus l'honneur d'être interrogé par lui en personne.

« Et maintenant, me dit-il, tu me racontes tout depuis le début. D'accord ?

— D'accord, monsieur le commissaire. »

Je m'efforçai de tout lui dire, depuis l'arrivée du chat dans notre classe jusqu'à l'épopée dans le cimetière. À la fin, j'ajoutai :

« Je vous jure que c'est la vérité.

— Bon, me répondit-il, je veux bien te croire, surtout si ton copain a déclaré la même chose. Je vais le vérifier sur-le-champ. »

Il se leva, me laissa seul un moment, puis il revint tenant une feuille dactylographiée à la main.

« Parfait, vos deux dépositions concordent et vous allez pouvoir rentrer chez vous. »

Je m'apprêtais à me sauver en vitesse car il était près de dix heures, quand il ajouta :

« Comme il se fait tard, nous avons prévenu vos parents. Ils viennent d'arriver. »

J'aperçus effectivement le père de Victor en grande conversation avec mon grand-père et deux policiers. Mon copain assurait qu'il allait avoir droit à la sérénade, ce qui voulait dire, dans son langage imagé, qu'il allait prendre un super savon. Quant à moi, je ne me faisais pas trop de soucis. Papy était enclin à tout me pardonner.

Mais je ne m'attendais pas à ce qu'il demandât au commissaire, sans aucun préambule.

« Dites-moi, monsieur le commissaire, ne pourriez-vous pas garder ce gaillard au trou jusqu'à demain matin ? »

Ça alors, je n'en revenais pas. Il blaguait ou non ?

« Et pourquoi ? s'enquit le policier avec un sourire qu'il ne parvenait pas à dissimuler.

— Parce que je considère, reprit mon cher grand-papa, que de goûter un peu à la prison forme plus un homme que toutes les remontrances verbales qu'on peut lui faire. C'est un souvenir qu'il n'oubliera pas. »

Je devais intervenir sans plus tarder si je ne voulais pas passer une nuit derrière les barreaux. Tout de même, je savais mon aïeul un peu spécial, mais pas à ce point. On n'était plus au temps de la

Seconde Guerre mondiale, qui lui avait valu bien des coups durs.

« Papy !

— Quoi donc, mon garçon ?

— Je veux rentrer chez moi.

— Vraiment ?

— Vraiment. »

Le commissaire intervint.

« Mille regrets, monsieur, dit-il, mais je n'ai plus une place de disponible. Sans quoi, croyez-le bien, je vous aurais donné entière satisfaction. »

Ah, les bandits ! Ils ne tenaient pas compte que je n'avais rien commis de répréhensible.

« Dommage, réellement dommage, reprit mon papy, car il n'y a rien de tel pour former un garçon. »

Inutile de préciser que je n'étais pas d'accord. Enfin, j'avais l'air d'avoir gagné. Je dis au revoir au commissaire, le remerciai de mon mieux, suivant les désirs de mon cher grand-père, et me dirigeai enfin vers la sortie.

Il avait raison, cette soirée-là, je ne l'oublierais jamais.

7

NATURELLEMENT, dès le lendemain matin, tout le collège était au courant de notre aventure. Beaucoup d'élèves étaient arrivés, le journal local en main. Ils se le passaient les uns aux autres en nous désignant du doigt. Une publicité dont je me serais bien dispensé.

Virginie ne faisait pas exception. Elle m'attendait depuis un moment. Quand j'arrivai, elle se précipita vers moi en brandissant son canard, puis en me le collant sous le nez.

« Dis, tu t'es vu ?

— Non.

— Eh bien, regarde. »

Je n'étais pas de bonne humeur, et j'avais bien

envie de l'envoyer promener. Pourtant, ma curiosité fut la plus forte. En effet, je me vis en première page, les menottes aux poignets. On apercevait également mon copain Victor, mais je le cachais en partie. Il était difficile à reconnaître. Tandis que moi, j'étais bien la vedette.

Heureusement, il y avait le titre en gros caractères au-dessus de la photo : ACCUSÉS À TORT. Je m'empressai de lire l'article qui suivait.

« Deux jeunes du collège de notre petite ville ont été arrêtés hier par la police aux environs de 20 heures alors qu'ils sortaient du cimetière dans lequel ils avaient pénétré clandestinement. Accusés d'être les profanateurs des tombes juives de la semaine passée, menottés par les policiers, ils ont été emmenés « manu militari » à l'intérieur du champ de repos pour une vérification de toutes les sépultures. Aucune dégradation n'ayant été constatée, ils ont été conduits au commissariat. Les deux enfants, âgés de quatorze et douze ans, expliquèrent qu'ils n'avaient aucun lien avec les vandales recherchés. Ils s'étaient seulement introduits dans le cimetière pour retrouver un chat de gouttière dont le comportement les avait intrigués. La police a bien voulu croire à leur histoire et ils ont été remis le soir même entre les mains de leurs parents. Tout est donc bien qui finit bien dans une affaire où il n'y a pas de quoi fouetter un chat. »

Je poussai un ouf ! de soulagement. J'étais lavé de toute accusation. De plus, grâce au journal, Victor et moi devenions les stars du collège. De nombreuses fois, nous dûmes raconter notre visite au cimetière ainsi que notre interrogatoire au commissariat. Victor insista sur l'affaire du sel avec Arsène. Elle suscita de grands éclats de rire.

Le jour même, nous n'avions pas de cours d'anglais. Notre ami ne nous rendit pas visite. À croire qu'il connaissait l'emploi du temps. Il n'était certainement pas un suppôt de Satan, comme l'assurait Virginie, mais je devais bien reconnaître qu'il sortait du commun.

Ce fut le lendemain qu'on le revit. D'abord, en photo à la une du journal. La veille, c'était moi. Aujourd'hui, c'était lui. Chacun son tour.

Je ne sais pas comment le journaliste s'était débrouillé, mais notre vieux matou trônait bel et bien à la première page du quotidien. Splendide, bien campé sur ses pattes, la queue ramenée le long de son corps, les yeux grands ouverts, les oreilles droites, l'allure pleine de noblesse, il faisait face à l'objectif. Je lui trouvai même un certain dédain dans le regard, comme s'il voulait dire : « Hé quoi, vous ne m'avez jamais vu ? »

Sous la photo, le journaliste avait écrit en titre : « Le chat de la méprise. » Suivaient également ces quelques lignes : « Il est beau, heureux de l'être, mais, s'il passe ses nuits dans le cimetière en compagnie d'autres chats, il a refusé de nous dire pourquoi. »

Tout le monde se demandait s'il allait revenir assister aux cours de Miss Simpson. Nous ne fûmes pas déçus. Il arriva presque en même temps que nous. Après avoir fait le beau, ce qui était maintenant sa façon de nous saluer, il alla s'installer à sa place habituelle. Notre gentille prof lui sourit, le caressa entre les deux oreilles et commença son cours. Durant toute l'heure, il ne bougea pas d'un poil. Il était sûrement le meilleur élève de la classe.

Le soir, j'allais sortir du collège en compagnie de Victor, de Virginie et d'Édith, quand madame Leleu, la concierge, m'interpella. Je la connaissais particulièrement, car elle avait été à l'école avec ma mère.

« Nicolas, viens voir un peu. »

Je me dirigeai vers elle, suivi automatiquement des trois autres.

« Ton chat, me dit-elle, celui qui est en photo dans le journal, je le connais bien.

— Ah bon ?

— Oui, c'est Poussy.

— Poussy Cat, remarqua Victor dont l'érudition était grande.

— C'est ça, exactement. Il s'agit du chat de ce pauvre monsieur Duplantin qui est mort la semaine passée. Il était professeur d'anglais et habitait ici l'un des logements de fonction. Poussy, je l'ai connu tout petit, quand il n'était pas plus gros que ça. (Elle montrait ses deux poings réunis.) Même, à l'époque, je lui donnais souvent du lait.

— Vous savez qu'il revient au collège ?

— Bien sûr, il est venu me rendre visite. J'ai été heureuse de voir qu'il ne m'avait pas oubliée. D'ailleurs, j'ai compris tout de suite qu'il avait faim et je lui ai donné à manger.

— Il vient avec nous en classe d'anglais.

— Pas étonnant, c'était son habitude.

— Avec monsieur Duplantin ?

— Oui. Il faut dire qu'à l'époque, il y a bien sept ou huit ans, il était devenu l'idole du collège. Toujours à jouer avec les enfants. Mais ce qu'il préférait, c'était d'assister aux cours de son maître. Il s'installait sur le bureau, face aux élèves, et suivait les leçons aussi sagement que le meilleur d'entre eux. Monsieur le principal le savait. Il le tolérait, car il ne gênait personne, bien au contraire.

— C'est pour ça, dit Virginie, qu'il a repris ses anciennes habitudes maintenant que son maître a disparu. La pauvre bête a besoin d'affection. Elle revit son passé. »

Tiens, tiens, remarquai-je sans le dire, ce n'est plus un suppôt de Satan qu'il faut combattre à coups de poignées de sel.

« Monsieur Duplantin était un original, poursuivit madame Leleu. Dans sa jeunesse, il avait exercé aux Indes. Le pauvre homme, je me demande bien ce qui lui est arrivé. Le journal a parlé d'une mort accidentelle.

— Accidentelle, mais aussi un peu suspecte, précisa Victor. Tout au moins, d'après les dires du commissaire. »

Notre chère concierge parut ne pas avoir entendu les paroles de mon copain. Sa pensée demeurait attachée au destin de notre vieux matou.

« Et qu'est-ce qu'il va devenir maintenant ? demanda-t-elle en se tournant vers moi. Dormir la nuit sur la tombe de son maître, bientôt, quand il va faire froid, ce ne sera plus possible.

— Il lui faudrait une nouvelle maison, intervint Virginie, toujours prête à trouver une solution. »

Elle ajouta :

« Avec une maîtresse comme vous, madame Leleu, une maîtresse qui le dorloterait jusqu'à la fin de ses jours. »

La brave femme eut un grand sourire. Au fond, c'était ce qu'elle souhaitait.

« C'est vrai que je l'adopterais avec plaisir, admit-elle aussitôt. Je l'aimais bien quand il vivait ici. Et il retrouverait ses habitudes du temps de sa jeunesse. »

Le sort en était jeté. On promit, dur comme fer, de lui amener Poussy. Tout au moins, si on parvenait à se saisir de lui. Ce qui ne serait peut-être pas si facile que ça.

8

DEPUIS trois jours, nous n'avions plus la visite de Poussy. Nous étions tous inquiets lorsque la nouvelle nous parvint, nous laissant muets de stupéfaction : notre vieux matou avait agressé un de ses anciens voisins. Il l'avait mordu aux mains et lui avait lacéré le visage de ses griffes. Le journal nous donnait tous les détails, accompagnés d'une nouvelle photo.

Virginie me tendit le quotidien.

« Regarde, dit-elle, ce qu'ils en ont fait. »

Depuis la conversation que nous avions eue avec madame Leleu, elle ne l'accusait plus de tous les maux. Elle était devenue une de ses admiratrices.

Il était à nouveau à la une de la presse mais, cette fois, enfermé dans une cage. Je vis tout de suite qu'il était captif mais pas dompté. Son poil était hérissé, sa queue ramenée sous son ventre, ses oreilles couchées en arrière et des lueurs féroces jaillissaient de ses yeux. Tout en lui traduisait une sourde colère prête à s'extérioriser.

Le titre surmontant la photo s'étalait en gros caractères : « NOUVEAUX EXPLOITS DU CHAT ». Je lus à voix haute l'article qui suivait.

« Décidément, il ne s'agit pas d'un chat comme les autres. Voici quelques jours, nous entretenions nos lecteurs de la mésaventure survenue à deux collégiens de notre ville. Ils avaient pénétré clandestinement et de nuit dans le cimetière afin d'y retrouver un chat dont le comportement les avait intrigués. Cette incartade leur avait valu d'être arrêtés par la police et d'être accusés d'avoir commis des profanations de tombes, la semaine précédente. Accusations non fondées et, heureusement, reconnues comme telles.

« Nous avions également publié la photographie du bel animal. Hélas, il nous faut aujourd'hui parler encore de lui. Disons d'abord qu'il s'appelle

LA NOU
REPO
NOUVEAUX EXPLOITS DU CHAT

Poussy. Il a eu pour maître monsieur Jacques Duplantin, cet ancien professeur d'anglais retrouvé mort voici une dizaine de jours gisant au pied de son escalier après y avoir fait une chute accidentelle.

« Depuis, Poussy a passé son temps entre le collège où il avait vécu ses premières années, et le cimetière où il dormait la nuit sur la tombe de son maître. Durant le reste de la journée, il errait aux abords de son ancien domicile. Tout semblait bien se passer pour lui jusqu'à ce jeudi matin, où il a agressé un de ses voisins. Il lui a labouré le visage de ses griffes et a cherché, de toute évidence, à lui crever les yeux. Il a fallu l'intervention de plusieurs personnes pour que le malheureux soit libéré de son agresseur.

« Prévenue aussitôt, la police est parvenue à se saisir de l'animal et à l'enfermer dans une cage. Il a ensuite été conduit au refuge de la S.P.A., où il séjournera tant que son sort n'aura pas été fixé. Des prélèvements ont été effectués immédiatement pour voir s'il n'était pas porteur du virus de la rage, ce qui semble exclu au premier abord. Peut-être faudra-t-il se résoudre à l'abattre. Dommage, car Poussy est encore beau malgré son âge et, habituellement, très doux. On se demande ce qui a pu motiver une telle agression de sa part. »

On demeura tous les trois perplexes. Poussy agressant quelqu'un, c'était difficile à imaginer.

« Pourtant, dis-je, il n'a pas l'air méchant, notre vieux matou. »

Victor voulut toutefois nuancer cette opinion.

« Sauf, dit-il, quand on lui balance des poignées de sel. Là, il faut bien le dire, il n'aime pas du tout. »

Virginie ne voulut pas relever le coup de griffes lancé dans sa direction. Elle se contenta de hausser les épaules et de déclarer ensuite :

« Peut-être bien qu'il avait ses raisons. Les bêtes ont plus de mémoire qu'on se l'imagine. Elles attendent souvent longtemps avant de se venger du méchant coup qu'on leur a donné. Peut-être qu'un jour le bonhomme lui a joué un sale tour.

— Et souvenons-nous, poursuivit Victor, que la mort de monsieur Duplantin paraissait suspecte au commissaire. S'il s'agissait d'un assassinat ? S'il avait assisté au crime ? Ce serait un bon motif de cette soudaine agression.

— Oui, reprit Virginie, ce serait intéressant de le vérifier. Mais je pense que ce n'est pas l'essentiel. Tout au moins pour le moment. »

Elle parlait bien, ma Virginie. J'en étais souvent épaté. Son vocabulaire était toujours plus choisi que le mien et celui de Victor. Pas étonnant si elle était parmi les meilleurs de la classe. Je voulus pourtant en savoir plus.

« Et d'après toi, lui demandai-je, quel est actuellement l'essentiel ?

— Eh bien, me répondit-elle, tout simplement de lui épargner la piqûre de cyanure.

— De cyanure ?

— Oui, c'est toujours ainsi qu'on pratique pour l'euthanasie des chats et des chiens. On fait venir le vétérinaire qui leur fait une piqûre de cyanure. En moins de deux secondes, sans douleur, c'est terminé. »

Elle en savait des choses ! On se regarda, Victor et moi. On ressentit comme un long frisson. Elle avait une façon de dire ça qui nous bouleversait. Déjà, tous les deux, on le voyait allongé, notre vieil ami, raide mort dans sa belle fourrure tigrée. Plus de visite aux cours d'anglais en compagnie de Miss Simpson, plus de nuits passées sur la tombe de son ancien maître ! Virginie avait raison, nous devions faire quelque chose pour le sauver.

Victor pensait comme moi.

« D'accord, dit-il, faut qu'on le sorte de là, même si on doit s'attirer encore des ennuis avec le commissaire et Arsène, notre inspecteur favori. Je ne sais pas encore comment on va s'y prendre, mais je suis certain qu'on y parviendra. »

Virginie avait gagné une nouvelle fois. Pour bien montrer sa satisfaction, elle sauta au cou de Victor et l'embrassa.

Et je vous le certifie, j'en demeurai figé comme un pain de glace.

9

LA chance était avec nous. À midi, sur le chemin de la cantine, une fille de quatrième me courut après.

« Salut, me dit-elle tout essoufflée, je m'appelle Rosemonde.

— Moi c'est Nicolas.

— Je sais. Je vous ai entendus ce matin à propos du chat.

— Et alors ?

— Si j'ai bien compris, vous allez essayer de le délivrer pour qu'il ne soit pas abattu.

— Je ne sais pas encore ce nous allons faire, mais c'est du possible.

— Je pense que je pourrais vous aider. »

Elle avait l'air plutôt gamine, même un peu malingre. Je ne la voyais pas du tout participer à notre expédition si nous en entreprenions une.

« Et comment ça ? lui demandai-je.

— J'habite à la S.P.A. C'est ma mère qui tient le refuge. »

Une soucoupe volante tombant à mes pieds ne m'aurait pas fait plus d'effet. Je la regardai bien en face. Je vis qu'elle me souriait d'un air futé. Un air de chat.

« Ça alors, on peut dire que tu tombes pile.

— Dès mon arrivée à la maison, poursuivit-elle, je me renseigne sur l'endroit où il se trouve. Je te fais un croquis et je te donne la clé qui ouvre la porte du fond de l'enclos. C'est par elle qu'on évacue les saletés des bêtes. Seulement, il faudra attendre la nuit.

— On attendra.

— Bon, alors c'est d'accord. Disons qu'on se retrouve à six heures devant la boulangerie qui est près de chez moi.

— Entendu. »

Rosemonde fit demi-tour et, aussi vive qu'un petit chat, elle alla retrouver ses copines. J'en restais abasourdi. Une telle chance nous tombant du ciel m'apparaissait comme miraculeuse. À moins que... À moins que Poussy ait réellement des rapports avec le diable, comme l'avait assuré Virginie.

Pendant le repas, je mis Victor au courant, ainsi que Virginie et Édith. On commença aussitôt à discuter des modalités de notre entreprise. Il nous fallait surtout être très prudents et ne pas nous faire prendre par la police. Cette fois, elle n'aurait peut-être pas la même gentillesse à notre égard.

« Avant tout, dit Virginie, il faut penser à ce que nous allons faire de lui quand nous l'aurons libéré.

— Le lâcher purement et simplement ?

— Non, il se ferait reprendre.

— Le confier à madame Leleu ?

— D'accord, mais le voudra-t-elle encore après ce qu'il a fait ? »

Virginie dit qu'elle se chargerait de le lui apporter.

« Elle l'aime bien, dit-elle, et elle acceptera de le garder. »

Le plan étant élaboré, il ne nous restait plus qu'à attendre la nuit pour le mettre à exécution.

Avec Rosemonde, tout se passa comme prévu. À

six heures précises, elle arriva à la boulangerie. Elle me remit le croquis qu'elle avait effectué ainsi que la clé promise. Elle disparut ensuite aussi furtivement qu'elle était arrivée. Un vrai félin, cette gamine.

Dès la nuit tombée, nous étions, Victor et moi, aux abords de la porte que nous devions franchir. Le refuge de la S.P.A. était situé à la sortie de la ville, à au moins deux cents mètres de la maison la plus proche. L'enclos était assez vaste et accolé à un bosquet de sapins.

« Un magnifique endroit pour un enlèvement, dit Victor, pressé d'entrer en action. »

Il avait raison. On se cacha à l'abri des sapins et, dans le calme le plus complet, on attendit le moment d'agir. Je m'étais muni d'une lampe électrique et j'étudiais sans arrêt le plan que Rosemonde m'avait remis.

« C'est clair et précis, apprécia mon copain.

— Du beau travail, en effet. »

Je résumai ce que nous découvrions.

« On entre ici, on file tout droit jusqu'au bout de l'allée des chiens, on tourne à gauche et il est là, tout seul dans la troisième niche.

— Tu crois qu'il se laissera prendre facilement ?

— On lui parlera d'abord.

— On y va ?

— On y va. »

J'enfouis le plan dans ma poche. Il ne me servait plus à rien car je le connaissais par cœur. Je me saisis de la clé et m'élançai, le dos courbé en deux. Victor me suivit comme mon ombre.

La lune n'était pas encore levée. Il faisait noir, mais nos yeux étaient habitués à l'obscurité. Je sentais mon cœur battre fort dans ma poitrine. Ce n'était pas la peur qui le poussait ainsi, mais une exaltation qui me procurait du plaisir. Je savais que mon acte était répréhensible. Pourtant, comme c'était pour une bonne cause, j'en étais heureux.

La clé tourna facilement dans la serrure. La porte s'ouvrit sans grincer sur ses gonds. On pénétra sans le moindre bruit à l'intérieur de l'enclos. Des chiens nous avaient toutefois sentis. L'un d'eux se mit à aboyer. Il devait s'agir d'un gros, tant sa voix était grave.

« Vite, tout droit. »

Je filai, suivi de Victor. Nous étions dans la rangée des chiens. Quelques-uns grondèrent, mais la plupart se mirent à gémir comme s'ils voulaient nous implorer : « Dites, ouvrez-nous la porte ! » Hélas pour eux, nous n'étions venus que pour Poussy.

« Nous voici au bout de l'allée.

— Tu tournes à gauche et c'est la troisième niche. »

Ce fut vite fait. Quand je fis jaillir la lumière de ma lampe électrique, je le découvris, recroquevillé tout au fond.

« Poussy, c'est nous. »

Il ouvrit les yeux, mais ma lampe le gênait. Je la détournai.

« On vient te chercher, Poussy.

— Tu nous reconnais ? »

Notre voix dut lui paraître familière. Il se leva et poussa un petit miaulement qui était une véritable lamentation. Mon Dieu, qu'il était triste !

J'ouvris facilement la petite grille qui n'était fermée que par une targette. Victor se baissa et pénétra à l'intérieur de la niche.

« Viens, Poussy, on t'emmène. »

Il avait compris et il se laissa faire. Victor se releva, notre vieux matou dans les bras. Je me hâtai de refermer la porte.

« Dépêchons-nous de partir. »

On fit le chemin du retour en courant et on se retrouva bientôt dehors. Je laissai la clé de la porte dans la serrure, comme me l'avait demandé Rosemonde.

Nous étions venus à vélo avec un panier d'osier fixé sur le porte-bagages de celui de Victor. En vitesse, on y installa Poussy. Seulement, au moment où on allait refermer le couvercle, il poussa un cri de bête fauve, se détendit comme un jouet mécanique et bondit hors de notre portée.

« Hé bon ! s'écria Victor, il nous a bien eus ! »

Une fois à terre, il tourna d'abord en rond, comme s'il cherchait à retrouver son équilibre, puis il s'immobilisa, nous regardant l'un après l'autre. Ses yeux brillaient, créant deux points phosphorescents. Je ne pus m'empêcher de penser à Virginie et à ses histoires diaboliques. Un vrai fils de Satan, ce vieux matou.

Il n'hésita pas longtemps. Brusquement, il nous tourna le dos et s'enfuit à toute vitesse dans la direction du sapin le plus proche. S'agrippant au tronc, il grimpa dans l'arbre et disparut.

« Voilà pour notre remerciement, dis-je avec beaucoup de dépit.

— Qu'est-ce qu'on fait ?

— Je n'en sais rien. »

J'allumai ma lampe électrique et essayai de voir où il s'était réfugié. Hélas, la nuit l'avait absorbé aussi facilement qu'on avale un cachet d'aspirine.

« J'y vais, dit Victor d'un air décidé.

— Où ça ?

— Dans le sapin. Là-haut, si je le trouve, je le balance sans hésiter. »

Comme il était capable de mettre sa menace à exécution, je me hâtai d'intervenir.

« Non, vaut mieux jouer au plus malin.

— C'est-à-dire ?

— Partons, comme si nous l'abandonnions à son sort. Revenons ensuite en douceur et surveillons ce qu'il va faire. Avec lui, on peut s'attendre à tout.

— D'accord. »

On alla d'abord retrouver Virginie, qui nous attendait près de l'entrée du refuge. Dès qu'elle nous aperçut, elle nous interpella.

« Alors, ça a marché ?

— Oui et non.

— Comment ça, oui et non ?

— On l'a bien sorti, mais au moment de le mettre dans le panier, il nous a échappé.

— Pas étonnant de votre part, dit-elle en haussant les épaules, j'aurais dû me charger de ce travail. »

On aurait pu se défendre, mais on garda le silence. Des fois, avec les filles, il est préférable de se taire.

« Et maintenant, où est-il ?

— Dans le haut d'un sapin, lança Victor excédé, si t'as envie d'aller le chercher, tu peux y aller... »

Je m'efforçai de calmer le jeu en exposant mon idée. Elle me dit qu'elle lui convenait. Aussi, on retourna tous les trois vers le petit bois. On se cacha derrière un buisson d'épines puis on attendit.

Après dix minutes, on allait abandonner la surveillance, quand on entendit un léger bruit dans les branches, une sorte de frémissement.

« C'est lui », souffla Victor.

Heureusement, la lune commençait à montrer le bout de son nez à l'horizon, nous dispensant un peu de sa clarté. On vit une des branches basses de l'arbre s'incliner jusqu'à terre. Notre vieux matou apparut et se coula dessus sans le moindre effort.

« En douceur », susurra Virginie émerveillée.

Elle ajouta aussitôt :

« Ce qu'il est beau tout de même ! »

Une fois sur le sol, il fit le gros dos, s'étira longuement, puis se gratta derrière l'oreille. Nous le regardions dans une sorte d'extase. Aucune précipitation chez lui. Un quart d'heure auparavant, il était enfermé dans une cage étroite, voué à une mort quasi certaine. Maintenant, il avait l'air d'avoir tout oublié.

« Pas un chat, murmura Victor, mais un vieux cabot. Voyez comme il soigne sa mise en scène. »

J'aurais juré qu'il nous avait découverts, tant il prenait soin de sa présentation. Enfin, après nous avoir fait languir, il se décida à partir. À pas mesurés, se permettant même quelques pauses pour regarder derrière lui.

On le suivit, mais à une bonne distance et en prenant soin de ne pas faire de bruit. Lorsqu'il arriva au coin de la rue, il n'hésita pas un seul instant pour prendre la direction du centre-ville.

« Tu crois qu'il va se retrouver ?

— T'en fais pas pour lui.

— On est tout de même loin du collège. »

J'avais raison. Sans le moindre embarras, il prit le petit trot le long des maisons. Nous dûmes en faire autant. Au bout d'une centaine de mètres, il s'arrêta et se retourna. J'eus l'impression qu'il voulait voir si nous n'avions pas perdu sa trace. Pas commun, notre vieil ami.

La filature dura bien un quart d'heure. Nous commencions à nous demander où il allait nous conduire, quand on le vit s'arrêter devant une boucherie. Il hésita d'abord sur la conduite à tenir, puis, poussant la porte d'un couloir attenant, il entra.

On se retrouva tous les trois devant le magasin. La grille de protection était tirée et la lumière intérieure éteinte.

« Terminé, dit Victor.

— Qu'est-ce qu'on fait ?

Virginie regarda sa montre.

— Aïe ! il est plutôt tard !

— On rentre chacun chez soi et on se retrouve demain ?

— D'accord. »

10

LE lendemain étant un samedi, nous n'avions école que le matin. Avec toutefois un cours d'anglais de notre chère Miss Simpson. C'est vous dire que nous nous demandions si Poussy allait nous rendre visite. Je dis bien « nous », car le collège en entier était au courant de son évasion de la S.P.A. Mais sauf nous quatre et la petite Rosemonde, tout le monde ignorait comment. La nouvelle s'était propagée comme un feu d'herbe sèche.

Naturellement, on pensait que nous y étions pour quelque chose, mais nous demeurions sourds à toutes les questions qui nous étaient posées. Nous devions continuer notre enquête l'après-midi. Ce n'était pas le moment d'en compromettre le succès par des bavardages.

On l'attendit donc, mais il ne vint pas. Pourtant, on avait laissé la porte entrouverte pour lui permettre d'entrer plus aisément. Pendant le premier quart d'heure, personne n'écouta vraiment ce que nous disait notre gentille prof. Puis elle crut bon de nous dire :

« Je crois que notre ami ne nous rendra pas visite aujourd'hui. Nous devons continuer de travailler sans lui. »

En disant ces mots, elle me regardait particulièrement, comme si elle me demandait de confirmer ses paroles. Elle aussi pensait que j'avais contribué à son évasion. J'en rougis et je me contentai de baisser les yeux sur mon cahier, ce qui fit ricaner Virginie.

Miss Simpson n'était pas la seule à me croire impliqué dans cette affaire. J'en eus la preuve en fin de matinée, alors que je sortais du collège en compagnie de Victor. Ce fut d'ailleurs lui qui s'en aperçut le premier. Nous marchions tranquillement, quand il me prit par le bras et m'obligea à m'arrêter.

« Dis, tu vois ce que je vois ? »

D'un mouvement de tête, il me désignait une voiture de police stationnée dans la rue. Auprès d'elle, se tenait une silhouette que nous n'avions pas oubliée.

« Arsène ! »

Le policier était en effet de faction devant la porte de l'école. Il dévisageait tous les élèves qui sortaient. Sans nul doute, il nous attendait.

« Qu'est-ce qu'on fait, me demanda mon copain, on va le trouver ou on sort par derrière ? »

Par derrière, ça voulait dire par la grille qui servait aux fournisseurs de la cantine. Elle donnait dans une rue adjacente.

« Je crois, dis-je, qu'il vaut mieux filer en douce si on veut se retrouver tous les trois cet après-midi comme entendu. Au cas où notre ami aurait l'intention de nous retenir un moment. »

Ainsi fut fait. Quelques minutes plus tard, nous étions dehors. De loin, nous pouvions assister à la déconvenue du malheureux policier. Nous le vîmes interpeller les retardataires qui sortaient en courant, les interroger, puis lever les bras au ciel pour le prendre à témoin de sa malchance.

« Ce n'est pas le moment d'aller se fourrer dans ses pattes », dit Victor.

Arsène demeura encore un instant à piétiner sur place. Quand il en eut assez, il monta dans sa voiture et démarra en trombe. Naturellement, on éclata de rire et on lui souhaita bon vent.

Je dois avouer que je ne mangeai pas tranquillement pendant tout le déjeuner. À chaque seconde, je m'attendais à entendre la sonnette de la porte d'entrée. Heureusement, il n'en fut rien. Je pus me rendre au rendez-vous que nous nous étions fixé.

Virginie y était déjà quand j'arrivai en compagnie de Victor. L'affaire la passionnait. Elle nous embrassa furtivement, puis elle entra tout de suite dans le vif du sujet.

« Je me suis renseignée, dit-elle. Le type que notre matou a agressé est un certain Jean Chausson ; un célibataire d'une quarantaine d'années qui habite au 4 de la rue Neuve. Monsieur Duplantin logeait au 2. Les immeubles se touchent et ont une cour commune. »

Je crus bon de préciser :

« On peut donc dire que le chat et le sieur Chausson se connaissent parfaitement. Dans ce cas, on peut croire aussi qu'il existe entre eux un problème depuis longtemps.

— Possible, poursuivit Virginie. Si c'est le cas, il doit être assez grave pour avoir motivé une telle agression et ce serait intéressant d'en connaître les causes.

— Et de savoir, dis-je à mon tour, pourquoi elle s'est produite après la mort de monsieur Duplantin et pas avant.

— Un rapport entre les deux ?

— Peut-être, mais lequel ?

— Et la boucherie, demanda Victor, elle est près de ces deux immeubles ?

— Tout près, répondit Virginie. Elle est située au 4 bis, c'est-à-dire la porte à côté.

— En somme, reprit mon copain, hier au soir, Poussy est tout simplement rentré chez lui. Peut-être qu'il y est encore. Nous avons une chance de l'attraper. On y va ?

— On y va. »

On y courut. On s'arrêta devant la boucherie-charcuterie. Il s'agissait d'un magasin coquet, flambant neuf, dont la vitrine offrait de nombreux plats préparés à la convoitise des clients. Seule à l'intérieur, la patronne salait des morceaux de porc. Je la regardais faire et je pensais à une bonne potée de choux avec du cochon salé. J'en salivais.

Vêtue d'une blouse blanche impeccable, jeune, elle paraissait sympathique.

On se concerta du regard, puis Victor poussa la porte et on le suivit.

« Bonjour madame, dit notre ami, excusez-nous de vous déranger quelques minutes. »

Il savait être poli, le gaillard. Ce n'était pourtant pas dans ses habitudes. La bouchère nous gratifia d'un sourire.

« Bonjour les enfants, nous dit-elle, je vous en prie.

— Eh bien voilà, reprit Victor, nous sommes du collège et nous faisons une enquête au sujet du chat de l'ancien professeur d'anglais.

— Poussy ?

— Oui madame. Vous le connaissez bien ?

— Tout le monde le connaît dans le quartier, nous assura-t-elle. C'est un peu le chouchou des enfants. Moi, je le vois presque tous les jours. Je lui donne des petits morceaux de viande. Depuis la mort de monsieur Duplantin, c'est un peu moi qui le nourris.

— Que pensez-vous de lui ?

— Rien que du bien. Il est gentil, doux, agréable et intelligent.

— Pourtant, il a agressé un de vos voisins.

— C'est vrai. Je ne comprends pas ce qui a pu se passer. Ils se connaissaient depuis longtemps, et jamais il ne s'était produit une chose semblable.

— L'avez-vous vu depuis hier soir ? demanda Virginie.

— Mais oui ! répondit-elle, pas plus tard que tout à l'heure ! Je lui ai donné du mou ; il a mangé et il est reparti chez lui. En ce moment, il est tranquillement en train de dormir sur le palier de son ancienne maison, tout en haut de l'escalier. »

Nous pensions tous les trois qu'il allait nous être facile d'aller le chercher pour le confier aux bons soins de madame Leleu. Hélas, la porte du magasin s'ouvrit brusquement. Nous vîmes entrer le commissaire et son adjoint Arsène, qui était armé d'un fusil !

« Ah ! mes gaillards, vous êtes là, s'exclama le

commissaire, le regard furibond, j'aurais dû me douter que je vous trouverais dans le coin. »

J'avoue qu'on était stupéfaits de cette brutale irruption. On ne savait plus quelle contenance prendre. Tout allait si bien.

« Et ce chat, nous demanda-t-il, est-ce vous qui l'avez fait échapper de la S.P.A. ? »

Pas un de nous ne répondit. Nous nous regardions et nous nous demandions si nous devions nier ou avouer notre forfait.

« Ignorez-vous, poursuivit le représentant de l'ordre, que ça peut vous coûter cher ? Entrave à l'action de la police, vous savez ce que ça veut dire ? »

Il se tourna vers moi.

« Et toi, le chef de bande, tu pourrais répondre, non ? »

Le chef de bande ! Il m'honorait le commissaire, mais je n'en étais pas plus fier pour ça. J'allais lui répondre de la façon la plus évasive, sans doute m'embrouiller dans mes propos, quand Arsène se dressa devant moi, son fusil sous mon nez. Dans ses yeux brillait un regard ironique. Il n'avait pas encore digéré son échec du matin.

« De toute façon, me dit-il, ça n'a plus beaucoup d'importance. Avec une bonne cartouche à gros plombs, votre chat aura vite fini d'enquiquiner les gens.

— Faudrait le trouver, intervint Victor qui s'était tu jusque-là.

— Tiens, tiens, reprit Arsène, monsieur a quelque chose à dire.

— Parfaitement, reprit mon copain. Pour l'attraper, vous pouvez toujours courir. C'est moi qui suis allé le chercher au refuge, c'est moi qui l'ai caché. Vous n'êtes pas prêt de le dénicher. C'est plus facile de tuer une bête que de chercher à comprendre ce qui s'est passé. »

J'admirais Victor. Quelle audace et quel courage ! Il s'accusait et n'avait pas peur de se mouiller pour tenter de sauver notre vieux matou.

« Menteur, vociféra le policier, plus hargneux que jamais. Il est là, votre chat. L'homme qu'il a agressé vient de nous téléphoner pour nous dire qu'il dormait tranquillement en haut de l'escalier de son ancienne maison. Encore quelques minutes et on ne parlera plus de lui. »

Jamais il n'aurait dû prononcer de telles

paroles ! Il ignorait qu'il pouvait déclencher un cataclysme. Virginie poussa un cri, se raidit, puis, plongeant ses mains dans le sac à sel de la bouchère, elle se mit à en asperger le visage d'Arsène puis celui du commissaire. Une vraie crise de nerfs. Transformée en furie, elle s'écriait :

« Vade retro, Satana, vade retro ! »

La stupéfaction fut totale. Comble de l'irrévérence, la jeune bouchère éclata de rire. Mais d'un rire qui lui partait du ventre comme une fusée de feu d'artifice et qui retombait en cascade. C'était fou, complètement fou.

Les deux hommes, à demi aveuglés, se mirent à jurer tout en essayant de se protéger des attaques de Virginie et d'enrayer ses assauts. Hélas pour eux, notre amie était déchaînée. Ils ne connaissaient pas la force qu'elle pouvait avoir quand elle s'attaquait aux disciples de Satan. C'était celle amassée depuis plusieurs siècles par les Berrichons de son village natal.

Je me demandais quoi faire pour arrêter cette bataille, quand Victor m'attrapa par le bras.

« Viens vite, me dit-il, c'est le moment d'en profiter. »

Je compris ce qu'il voulait faire : sauver Poussy. Profitant de la confusion, on s'éclipsa du magasin. Une fois dans la rue, on s'engouffra aussitôt dans l'allée empruntée la veille par notre chat.

Devant nous : un couloir. À l'autre bout : une cour. Au fond : un immeuble avec un escalier de pierre. Tout en haut : Poussy qui dormait du sommeil du juste.

« Laisse-le-moi », dit Victor.

Se faisant félin à son tour, mon copain grimpa l'escalier en douceur, puis, d'un seul coup, se saisit du vieux matou.

« Viens Poussy, on va aller te mettre en sûreté. »

On aurait dit qu'il était au courant de la situation. Il ne bougea pas d'un poil ni émit la moindre protestation. De sa part, c'était incroyable.

L'animal lové sous son bras, Victor redescendit l'escalier quatre à quatre. Il se retrouva près de moi.

« Vite, chez madame Leleu ! »

Je le suivis, bien que pensant à Virginie en position délicate. Ce n'était pas très chouette de ma part de l'abandonner ainsi.

J'avais bien tort d'avoir de telles pensées. Nous

sortions tout juste du couloir quand je la vis s'éjecter de la boucherie et se précipiter vers nous.

« Filons », cria-t-elle en s'élançant dans la rue, sa robe volant au vent.

Jamais je ne l'avais vue courir aussi vite. Une vraie championne. Je peux bien le dire en confidence : je l'admirais et j'étais fier d'elle. Au coin de la première rue, elle prit le virage sur les chapeaux de roue. Elle me lança, alors que je la rattrapais :

« Je les ai bousculés et je me suis sauvée ! »

Ben, vous parlez d'une fille ! J'en demeurai la bouche bloquée comme avec une fermeture éclair.

On courut ainsi jusqu'au collège. La porte d'entrée était fermée à clé, mais en passant par celle de la cantine, on arriva tout essoufflés devant la loge de la concierge. Victor appuya sur le bouton de la sonnette. Quand madame Leleu arriva, il lui tendit Poussy et lui dit d'une seule traite :

« Prenez-le et cachez-le bien car on vient de le sauver de justesse. »

La brave femme s'empara du chat, qui se laissa faire. Elle le tint serré contre sa poitrine.

« Que s'est-il passé ? demanda-t-elle.

— Les policiers voulaient l'abattre d'un coup de

fusil, expliqua Virginie. Nous, on les a empêchés. »

Nous voyant le front en sueur et le souffle court, elle décida de nous faire entrer chez elle.

« Venez un instant, nous dit-elle, vous devez avoir soif. Vous mangerez bien aussi un petit gâteau sec ? »

Naturellement, on accepta avec joie. Nous la suivîmes jusque dans ses appartements, où elle nous fit asseoir dans des fauteuils. Tandis que nous commencions à reprendre nos esprits, madame Leleu nous servit de l'orangeade et des massepains aux amandes. Inutile de préciser qu'on leur fit un grand honneur. La boîte y passa rapidement. Naturellement, il fallut raconter toute notre histoire. Ce fut Virginie qui s'en chargea.

« Eh bien, dit la concierge quand le récit fut terminé, on peut dire qu'il revient de loin, notre Poussy. Je vais le cacher le plus longtemps possible et le dorloter comme il ne l'a jamais été. »

Pour aller chercher les massepains et l'orangeade, elle l'avait déposé sur un coussin où il n'avait pas bougé d'un poil. Elle le reprit, se mit à le caresser longuement tout en lui parlant.

« Mon petit Poussy, tu vas être aussi heureux

qu'avec ton ancien maître. Tu verras, je t'achèterai un joli collier rouge, pareil à celui que tu avais auparavant. À propos... qu'en as-tu fait ? »

Elle demeura un instant silencieuse, puis elle reprit :

« Vous ai-je parlé du magnifique collier qu'il portait du temps de monsieur Duplantin ?

— Non, lui répondis-je. Nous ignorions même qu'il en avait un. »

Elle poursuivit.

« Comme je vous l'ai dit, monsieur Duplantin avait exercé aux Indes. Il en avait rapporté des tas de souvenirs : des étoffes de toutes les couleurs, des statuettes en bois ou en ivoire, et aussi des bijoux. Or, un jour, j'ai vu que Poussy portait au cou un collier de cuir rouge incrusté d'une sorte de verrerie d'une très belle couleur verte.

Je l'admirai et j'en fis la remarque à monsieur Duplantin. " C'est joli, lui dis-je, ce que porte Poussy autour du cou. Où avez-vous déniché ce collier-là ? " Il eut alors un grand sourire et me confia à l'oreille : " Madame Leleu, ce morceau de verre que vous admirez, n'en est pas un. Il s'agit d'une émeraude, d'une véritable émeraude. Je l'ai rapportée de Bombay. Jadis, elle a appartenu à un maharadjah. ”

— Une vraie émeraude ? demanda Virginie.

— Oui ma petite, et de toute beauté. Vous pensez, une émeraude des Indes !

— Elle devait être d'une grande valeur.

— Certainement. Je fis remarquer à monsieur Duplantin qu'il courait le risque de se la faire voler. Savez-vous ce qu'il m'a répondu ?

— Non.

— Eh bien, m'a-t-il dit, je ne donnerais pas cher des yeux de celui qui voudrait la lui prendre. »

On se regarda tous les quatre. Chacun de nous imaginait notre vieux matou sautant au visage d'un individu essayant de lui voler sa pierre précieuse.

« Maintenant, il ne l'a plus, dis-je à madame Leleu.

— Peut-être, me répondit-elle, que monsieur Duplantin lui a retiré un jour son collier. »

Je précisai le fond de ma pensée.

« Ne trouvez-vous pas que son attaque d'avant-hier ressemble étrangement à ce qu'avait prévu le malheureux prof ?

— Si, dit Victor, mais il ne portait plus de collier.

— Exact, mais depuis quand ? l'avait-il encore autour du cou quand son maître est tombé dans l'escalier ? »

Mon copain se gratta le dessus de la tête. Chez lui, c'était un signe de grande réflexion.

« Je me souviens aussi, dit-il, que le commissaire a parlé d'une mort dans des conditions suspectes.

— Ce qui pourrait vouloir dire, repris-je à mon tour, qu'il peut y avoir un lien entre la mort du prof, la disparition du collier et l'agression soudaine de Poussy contre son voisin.

— Autrement dit, raisonna Virginie dont le cerveau était hyper rapide, tu penses que Poussy a attaqué celui qui lui a volé le collier et précipité son maître dans l'escalier ?

— Tu as mis le doigt dessus.

— Génial, s'écria-t-elle, Nico, tu es vraiment génial ! »

Elle ajouta aussitôt en se rengorgeant :

« C'est d'ailleurs pour ça que je suis ton amie. »

Tout le monde éclata de rire. Elle aussi, bien entendu. Je m'empressai d'affirmer :

« Génial ou pas, tout ça ne sont que des hypothèses. Il nous reste à les confirmer. »

Madame Leleu ne disait mot. Assise dans son fauteuil, elle nous regardait les uns après les autres tout en continuant de caresser Poussy. Elle le tenait entre ses bras. Pour elle, c'était le principal. Quant à lui, il fermait les yeux et ronronnait de plaisir. L'ingrat se moquait bien des risques que nous prenions pour le protéger.

« Ce qu'il faudrait savoir, dit Virginie qui commençait à avoir des fourmis dans les jambes, c'est s'il portait encore son collier avant la mort de son maître.

— Une seule personne peut nous renseigner à ce sujet, dit Victor, c'est la bouchère.

— Alors, qu'est-ce qu'on attend pour aller le lui demander ? » lança Virginie en se levant.

Décidément, elle n'avait peur de rien.

11

MALHEUREUSEMENT, nous ne nous attendions pas à ce qui allait nous arriver. Nous marchions tranquillement sur le trottoir, quand une auto s'arrêta près de nous. Il en descendit le commissaire et son inspecteur. Aussitôt, ils se précipitèrent dans notre direction.

« Cette fois, nous vous tenons, dit Arsène. Nous n'allons pas vous lâcher de sitôt. »

Toujours la même hargne. Il est vrai qu'il avait les yeux rouges et pleins de larmes. Son chef aussi, d'ailleurs. Le sel de la bouchère était de bonne qualité. J'avais envie de leur demander la cause de leur chagrin, mais je jugeai vite qu'il était préférable de m'abstenir.

C'était bien notre veine. Au moment où nous allions peut-être faire éclater la vérité.

Ils voulurent nous faire monter dans leur voiture, ce qui ne me plaisait guère.

« Où voulez-vous nous emmener ? demandai-je au commissaire.

— Tu le verras bien », me répondit Arsène.

En disant ces mots, il nous poussait vers la portière que le commissaire venait d'ouvrir. À nouveau, c'était compter sans Virginie. Elle refusa de se laisser entraîner, se débattit des pieds et des mains, et se mit à crier de toutes ses forces :

« Au secours, à moi, à l'aide, on veut m'enlever ! »

Et elle avait de la voix ! Comme les policiers étaient en civil, que leur voiture ne portait aucun signe distinctif, son appel était crédible. Des passants commencèrent à s'arrêter, à s'agglutiner, puis à vouloir s'interposer.

Virginie s'était laissée choir à terre. Elle hurlait, se débattait, et Arsène ne parvenait pas à l'entraîner. Un homme jeune, plutôt costaud, décida d'intervenir. Il écarta l'inspecteur d'une poigne solide, tandis que d'autres personnes venaient lui prêter main forte.

« Police ! s'écria Arsène.

— C'est pas vrai, répliqua Virginie, ils veulent m'enlever ! »

Oh là là ! ça prenait une sacrée tournure ! Je ne savais plus quoi faire. Ce fut alors que je croisai le regard de Virginie, l'instant d'une seconde. Je la vis rigoler au fond d'elle-même. C'était fou ce qu'elle s'amusait. Je compris aussi le signe qu'elle me fit et je me tournai vers Victor.

« Fichons le camp », lui dis-je en le poussant devant moi.

On se sauva en courant, laissant Virginie se débattre au milieu de l'attroupement qu'elle venait de créer.

« Eh ben, me lança mon copain au bout d'un moment, ta copine, c'est un sacré numéro !

— J'avoue, lui répondis-je en reprenant mon souffle, que je ne la connaissais pas comme ça.

— Du tempérament, poursuivit-il avec une certaine ironie dans la voix. Celui qui l'épousera ne sera sûrement pas le maître à la maison ! »

En effet, ça donnait à réfléchir, mais j'étais loin d'avoir pensé à cette question.

« Et qu'est-ce qu'il fait son père ? me demanda-t-il, tout de même un peu inquiet quant aux suites inévitables de toute l'histoire.

— Oh, ne t'en fais pas, c'est un des meilleurs avocats de la ville ! »

Il s'esclaffa.

On arriva chez la bouchère, qui se mit à rire en nous voyant entrer dans son magasin. Elle avait encore à la main le balai et la serpillière dont elle venait de se servir pour réparer les dégâts causés par Virginie.

« Eh bien, nous dit-elle aussitôt, votre amie n'a pas froid aux yeux. On peut dire aussi qu'elle n'a pas peur des policiers. Qu'est-ce qu'elle leur a mis ! Et une sacrée comédienne, par-dessus le marché. Le coup du sel, c'était génial, super génial ! »

Heureusement pour nous, elle prenait l'incident du bon côté. Bien d'autres nous auraient passé un savon et fichus à la porte de la boutique.

« Tout d'abord, lui dis-je, nous venons vous présenter nos excuses. Nous ne pensions pas que ça allait se dérouler ainsi. Notre seul but était de sauver Poussy.

— Et qu'est-il devenu ? demanda-t-elle.

— Il est en sûreté chez une dame de notre connaissance. Elle va le choyer comme son propre enfant. De ce côté-là, plus de soucis. Tout au moins pour le moment.

— J'en suis bien heureuse, dit-elle avec un sourire qui laissa Victor plein d'admiration. Je l'aime bien, moi, Poussy, je ne voudrais pas qu'il lui arrive malheur.

— Si vous le permettez, nous voudrions justement vous poser quelques questions à son sujet.

— Je vous écoute.

— Avez-vous remarqué que Poussy portait un joli collier rouge avec une sorte de pierre de couleur verte ? »

Elle n'eut pas besoin de réfléchir longtemps.

« Oui, parfaitement. Même depuis que je le connais. Quand je suis arrivé ici, il y a plus de deux ans, il l'avait déjà. J'avais trouvé cette pierre si belle que j'en avais parlé à monsieur Duplantin. Maintenant que j'y songe, je me souviens qu'il avait eu un sourire bizarre.

— C'est qu'il ne s'agissait pas d'un simple morceau de verre, mais d'une véritable émeraude.

— Une émeraude ?

— Oui madame, et de grande valeur.

— Ça alors, au cou d'un chat !

— Oui, reprit Victor, et c'est peut-être elle qui est la cause de la mort du malheureux professeur. Elle est peut-être aussi celle de l'agression de Poussy contre votre voisin.

— On a parlé d'un accident...

— Peut-être pas certain.

— Vous voulez dire que... monsieur Chausson...

— On ne sait pas encore, dis-je à mon tour, mais il y a bien des chances. Ce serait la raison de l'agressivité de Poussy. Il aurait été le seul témoin, et il le manifesterait à sa manière.

— Eh bien dites donc ! »

Elle avait du mal à admettre la culpabilité de notre suspect. Je repris mes questions.

« Pourriez-vous essayer de vous souvenir ? Poussy portait-il toujours son collier, la veille ou l'avant-veille de la mort du professeur ? »

Elle n'hésita pas une seconde.

« J'en suis à peu près certaine.

— Et après ?

— Après ? Effectivement, il ne l'avait plus. Je me souviens de l'avoir remarqué, mais je n'y ai pas attaché d'importance. Il pouvait l'avoir perdu. J'ignorais alors qu'il s'agissait d'une émeraude.

— C'est ce que nous pensions, dit Victor. Maintenant, il n'y a plus de doute, notre bonhomme est bien le suspect numéro un.

— Qu'allez-vous faire ? demanda la jeune femme, qui paraissait inquiète. Vous allez avertir la police ?

— Pas tout de suite, poursuivit mon copain. Il faut d'abord qu'on vérifie. »

Il pinça ses lèvres, se gratta à nouveau le dessus de la tête. Il déclara ensuite d'un ton sérieux qui nous laissa muets, la bouchère et moi :

« Le sieur Chausson, j'aimerais bien voir la trogne qu'il a. Tu viens, Nico ? »

On dit au revoir à la charmante commerçante en s'excusant à nouveau du dérangement qu'on lui avait causé. Puis on sortit dans la rue, pour pousser aussitôt la porte d'à côté. Une fois le couloir franchi, on se trouva dans la cour commune. Quand on était venu chercher Poussy, on n'avait pas pris le temps d'examiner les lieux. Cette fois, on ne se pressa pas.

Face à nous, se trouvait l'immeuble où logeait le professeur avant sa mort. Pour monter à son habitation, il fallait emprunter l'escalier de pierre qui lui avait été fatal. Comment avait-il pu s'y fracasser le crâne ? On allait peut-être le savoir bientôt.

À notre droite, au rez-de-chaussée, il y avait un appartement avec une fenêtre aux volets à peine entrouverts et une porte pleine à la peinture délavée.

« Ce serait bien là », me souffla Victor.

Je m'approchai et découvris une petite plaque fixée au mur. J'y lu : « Jean Chausson. Relieur. »

« On sonne ?

— Y a pas de sonnette.

— Alors frappe. »

Je cognai par deux fois du poing dans la porte. Personne ne se manifesta de l'autre côté.

« Il n'est peut-être pas là, me souffla mon copain. À moins qu'il ne soit sourd, corrigea-t-il aussitôt. Remets ça. »

Je tambourinai comme si je voulais réveiller tout

le quartier. J'avais bien fait. Quelqu'un marcha derrière la porte, déverrouilla et ouvrit.

« Qu'est-ce que c'est ? »

Pas du tout sympa, le type. Il ne devait pas aimer qu'on le dérange. La quarantaine passée, grand mais un peu voûté, le cheveu rare, il avait le teint jaune et les yeux larmoyants. Son visage était plein de griffures dont certaines étaient rouges et enflammées. Une de ses mains était enveloppée d'un gros pansement. L'autre avait été égratignée à souhait. Notre Poussy n'y était pas allé avec le dos de la cuiller.

Victor fit à nouveau étalage de sa politesse.

« Excusez-nous, monsieur, dit-il, nous sommes du collège et nous faisons une enquête sur les chats. »

Il n'eut pas la possibilité de continuer.

« Pas le temps », bougonna notre homme en repoussant la porte.

Seulement, comme il l'avait vu faire à la télé, Victor avait introduit le bout de son pied à l'intérieur. Le battant rebondit sur son propriétaire.

« Pardon, monsieur, reprit mon ami, on voulait simplement savoir ce que vous pensez de l'agression dont vous avez été la victime. C'est pour notre journal. »

Je m'attendais à une explosion de colère de la part de notre interlocuteur. Il n'en fut rien. Ouvrant sa porte en grand, nous montrant son visage, il nous dit d'un air qui me parut plus malheureux qu'agressif :

« Et ça, qu'en pensez-vous vous-même ? Ça existe, ou je l'ai inventé ?

— Il se ressaisit, se montra plus ferme.

— Maintenant, ça suffit, reprit-il. Fichez-moi le camp et laissez-moi tranquille. J'ai déjà assez d'ennuis comme ça. »

Il repoussa doucement mais fermement Victor et ferma sa porte, qu'il verrouilla aussitôt de l'intérieur.

On se retrouva tous les deux dans la cour et on se regarda. Victor éclata de rire.

« Dis, t'as vu sa tronche ? Qu'est-ce qu'il lui a mis, le Poussy ! »

Je voulus tempérer la joie de mon camarade.

« Je ne sais pas si je me trompe, dis-je, mais il me fait l'effet d'un homme malheureux. »

Il n'était pas du même avis.

« Malheureux, malheureux, grogna-t-il, faudrait voir. En attendant, je crois que j'ai découvert quelque chose d'intéressant.

— C'est quoi ?

— Tu as vu les griffures et les balafres qu'il a sur le visage et aux mains ?

— Oui, un vrai labour.

— Tu n'as rien remarqué de spécial ?

— Non.

— Moi si. La plupart sont rouges, sanguinolentes et pas encore guéries.

— D'accord.

— Mais il y en a d'autres, surtout aux mains. Celles-ci ne sont plus que des cicatrices.

— C'est-à-dire ?

— C'est-à-dire qu'elles sont des marques anciennes, qui datent de plus longtemps. Elles sont peut-être du jour où il a volé le collier et poussé le prof au bas de son escalier. »

Je ne pensais pas Victor capable de tant de subtilité. Je ne pus m'empêcher de proclamer mon admiration.

« Ben dis donc, mon vieux, pour être observateur, tu es observateur. Un véritable Sherlock Holmes. »

Son raisonnement tenait debout, c'était évident. Il nous restait à le faire admettre aux policiers. Ce ne serait peut-être pas facile, surtout après les derniers exploits de Virginie.

« Et maintenant ?

— Maintenant, tout droit chez le commissaire. »

12

POUR nous rendre au commissariat, nous devions passer obligatoirement par la rue Jean-Baffier et par l'endroit où les policiers nous avaient interpellés. On ne put s'empêcher de s'arrêter un instant et de regarder le trottoir où Virginie nous avait sorti sa grande scène. On en rigolait entre nous quand le marchand de vélos, qui nous avait vus, vint nous trouver.

« Dites, les gars, nous demanda-t-il, c'est pas vous qui aviez tout à l'heure des démêlés avec les flics ? »

On se regarda. Mon copain ne voulut pas nier l'évidence. Un peu comme si on devait en tirer une certaine fierté.

« Ben oui, m'sieur, répondit-il, mais c'était pas grave. Juste cette histoire de chat dont on a parlé dans les journaux. »

Il voulait surtout faire comprendre au commerçant que nous n'étions pas des petits voyous.

« Je sais, je sais, reprit le brave homme. Seulement, je me suis bien amusé. Parce que votre amie, c'est une sacrée môme ! »

Lui aussi jugeait Virginie comme une fille peu commune. Je voulus essayer d'en savoir plus long.

« Et comment ça s'est terminé ?

— Vous ne le savez pas ?

— Non, nous étions partis.

— Eh bien, je crois qu'ils l'ont conduite à l'hôpital.

— À l'hôpital, mais pourquoi ?

— Elle avait l'arcade sourcilière fendue et du sang plein la figure.

— Les brutes ! s'écria Victor indigné, ils l'ont tabassée. »

Toujours le sourire aux lèvres, le marchand de vélos voulut tempérer cette conclusion un peu hâtive.

« Je ne le pense pas, dit-il. Je n'en suis pas absolument sûr, mais je suis persuadé que c'est en se débattant qu'elle a heurté de la tête la portière de la voiture. Tout de même, ça saignait beaucoup. Alors, c'est là qu'elle a sorti le grand jeu.

— Comment ça ? demandai-je de plus en plus inquiet.

— Eh bien, elle a poussé un cri, s'est raidie, puis affalée, comme morte.

— Évanouie ?

— Certes, je l'ai vue allongée sur le trottoir, paraissant ne plus respirer, mais je ne le crois pas. Comme ils ne parvenaient pas à la faire revenir à elle, les flics se sont affolés. Le chef a aussitôt appelé une ambulance par son téléphone de voiture. C'est alors que j'ai vu votre copine ouvrir un œil, ébaucher un sourire l'espace d'une seconde puis repartir dans les pommes dès qu'elle a aperçu le policier qui revenait vers elle. Une sacrée comédienne ! »

La bouchère m'avait fait la même réflexion quelques instants auparavant. Je commençais à être rassuré tout en me posant certaines questions. Elle me surprenait de plus en plus.

« Alors, ils l'ont emmenée ?

— Oui, me répondit le marchand de vélos. Une ambulance est arrivée et ils sont partis en direction de l'hôpital. Mais, croyez-moi, ne vous faites pas trop de soucis à son sujet. »

On remercia le commerçant et on décida de filer prendre des nouvelles de Virginie. Ce serait seulement après qu'on irait parler au commissaire.

Grâce à l'autobus, on y fut rapidement.

Je connaissais les lieux. L'année précédente, j'y avais séjourné pour une appendicite. J'y avais même noué des relations amicales avec une infirmière du service des urgences. Aussi, je fus vite renseigné.

« Elle est dans la chambre 29, me répondit-elle, mais ça va très bien. On lui a posé deux agrafes à une arcade sourcilière ainsi qu'un joli pansement. On la garde jusqu'à demain, à cause de son soi-disant évanouissement.

— Soi-disant ?

— Oui. Le médecin l'a bien examinée et n'a rien trouvé de suspect. Ce serait un peu de cinéma vis-à-vis des policiers que ça ne l'étonnerait pas. Mais comme il s'agit de la fille de Maître Jeanson, un de ses amis et le plus grand avocat de la ville, il a préféré différer sa sortie jusqu'à demain. Vous pouvez aller la voir si vous le voulez.

— Merci, chère madame. »

On ne se le fit pas dire deux fois.

On grimpa l'escalier quatre à quatre jusqu'au premier étage. Tout essoufflés, on arriva à la chambre 29.

Elle nous apparut en pleine forme, assise sur son lit et lisant un magazine. Un joli pansement ornait son œil droit. Tout autour, une auréole lui faisait comme un arc-en-ciel avec une forte tendance sur le violet. Dans vingt-quatre heures, elle aurait sûrement pris la couleur d'une aubergine bien mûre.

« Salut !

— Nico, Victor ! Je suis contente de vous voir.

— Comment vas-tu ?

— Très bien, sauf cette bricole à l'œil.

— Un coup que tu as reçu ?

— Oui, par la portière. Plus exactement, c'est moi qui lui en ai donné un. Comme elle était la plus résistante, j'ai encaissé.

— Ça t'a fait mal ?

— Pas sur le coup, mais après, faut pas dire le contraire.

— Le marchand de vélos nous a raconté. Ça et ton évanouissement. »

Elle se mit à rire. On en fit autant.

« Là, dit-elle, je les ai bien eus. Arsène était devenu tout pâle. Il en faisait des : « Mademoiselle, mademoiselle ! » en me tapotant les joues. « Remettez-vous, qu'il me disait, ce n'est rien, juste un petit coup sur le front. »

« Un petit coup, tu parles, j'en avais vu trente-six chandelles. C'est là que j'ai pensé à tomber dans les pommes. Avec le sang qui me coulait sur le visage, je devais être sublime. Je me demande tout de même s'ils n'ont pas réalisé, maintenant.

« Et vous, votre visite à la bouchère, ça a marché ?

— Comme sur des roulettes. Une femme formidable », lui dis-je.

Je lui racontai tout, y compris les soupçons de Victor, que je partageais.

« Pour moi, reprit mon copain, le bonhomme Chausson est plus qu'une victime. C'est ce que Poussy a voulu nous faire comprendre en exerçant sa propre justice.

— Maintenant, dis-je à mon tour, on va aller tout

expliquer au commissaire. J'espère qu'il voudra bien nous croire. »

Il était dit que nous n'aurions pas besoin de nous déplacer pour raconter notre histoire. Comme je finissais de parler, on frappa à la porte de la chambre. Elle fut poussée aussitôt, sans attendre la permission d'entrer. Nos yeux se tournèrent en même temps vers le nouvel arrivant. Le commissaire !

Il demeura sur place, figé comme un lampadaire. Il nous dévisageait. Enfin, il réussit à parler.

« La bande des trois ! s'exclama-t-il. Tous à nouveau réunis pour le meilleur et pour le pire ! J'éprouve un grand plaisir à vous voir. Vous me manquiez, je commençais à m'ennuyer. »

On était certain qu'il allait se lancer dans un long discours, nous gratifiant de nombreux noms d'oiseaux, et nous menaçant de l'immense colère de la police et de la justice françaises. Déjà, on baissait la tête, on courbait le dos. Mais, comme il ne parvenait pas à dire ce qu'il ressentait, je décidai de parler le premier afin de parer l'attaque.

« Monsieur le commissaire, dis-je, nous venions justement de décider d'aller vous voir.

— Tiens, tiens, comme c'est bizarre ! »

On parvint à dominer notre envie de rire. Je continuai.

« Je vous en prie, ne vous mettez pas en colère. Acceptez de nous écouter un instant. »

Sans répondre sur-le-champ, il pénétra à l'intérieur de la chambre et s'en alla cueillir la chaise qui se trouvait dans un coin. Il s'assit dessus, croisa ses jambes et posa ses mains sur ses genoux. Puis il dit :

« Eh bien, vous voyez, je ne suis pas en colère. Je suis prêt à vous écouter. J'espère pour vous que vos propos seront intéressants. »

J'avoue que j'avais le trac. Je ne savais pas par où commencer.

Je regardai Victor. Il était rouge et paraissait avoir perdu son fameux sang-froid.

« Vas-y, me dit-il, tu parles mieux que moi.

— Ça vient, ces confidences ? » me lança le commissaire.

Je me jetai à l'eau, pas certain de savoir nager.

« Toute cette affaire, lui dis-je, est une histoire de vol de bijoux. Peut-être aussi d'assassinat.

— Ben voyons, répliqua-t-il, pourquoi pas ? Je

pense, toutefois, que ça mérite de plus amples explications. »

Je lui racontai tout ce que je savais. Je lui dis les conclusions que nous avions tirées après notre visite au sieur Chausson. J'insistai sur ce que Victor avait remarqué au sujet des cicatrices anciennes. Il m'écouta avec une grande attention. Quand j'eus fini, il demeura un moment avant de me répondre.

« J'ai toujours pensé, dit-il enfin, que la mort de monsieur Duplantin n'était pas accidentelle. Par contre, j'ignorais la présence du collier à l'émeraude. Maintenant, ça change tout. Vous avez peut-être découvert le pot aux roses.

— Vous nous croyez ?

— Oui, et vous avez fait sans doute du bon boulot. Il ne nous reste plus qu'à vérifier votre hypothèse. »

Il se leva de sa chaise, fit quelques pas au travers de la pièce, puis il dit en nous regardant :

« Qu'est-ce qu'on fiche ici, plutôt que d'aller rendre visite à notre bonhomme ? »

Nous n'étions pas certains d'avoir compris.

« Vous nous emmenez ? lui demandai-je.

— Dame, n'est-il pas votre suspect ?

— Chouette ! s'écria Victor, on vous suit, monsieur le commissaire. »

On se dirigea tous les trois vers la porte. Avant de la franchir, notre nouvel ami se tourna vers Virginie et lui dit en prenant son air le plus méchant :

« Quant à toi, petite, prie le bon Dieu que ça marche. »

Dans le couloir, il ne put s'empêcher de rire et de nous dire :

« Votre copine, un sacré numéro ! »

Décidément, bien des gens commençaient à la connaître.

Victor s'installa à l'arrière de la voiture. Moi, je montai près du commissaire. Je peux bien l'avouer, on se sentait pas peu fiers. Grâce à nous, l'enquête prenait une nouvelle tournure. Nous allions peut-être assister à l'arrestation du coupable. Poussy pourrait finir désormais ses jours en toute quiétude. Et nous, nous allions devenir de véritables stars parmi les gars et les filles du collège. Je sais, c'est un peu prétentieux, ce que je dis là. Pourtant, c'était ce que nous ressentions.

On arriva tranquillement devant la boucherie

charcuterie. On stoppa et on descendit. Les gens qui se trouvaient à l'intérieur du magasin se retournèrent et nous regardèrent. Leurs yeux étaient pleins d'interrogation. Nous devenions des types importants.

La petite porte, le couloir, la cour commune, le domicile du relieur. Les volets étaient clos. Le commissaire frappa par trois fois. Rien ne se produisit de l'autre côté.

« Il est un peu sourd », dit mon copain.

Le commissaire fit alors comme moi quelques instants plus tôt. Il tambourina violemment le battant et s'écria d'un voix forte :

« Ouvrez, police ! »

À Victor et à moi, ça nous faisait drôle de faire partie de ceux qui pouvaient crier ça. Ouvrez, police ! Vous vous rendez compte ?

Seulement, personne ne se manifesta à l'intérieur. Le silence le plus complet. Le commissaire eut beau frapper, crier, rien n'y fit.

« Et s'il s'était suicidé ? » émit Victor, toujours prêt aux solutions extrêmes.

Le commissaire le regarda en fronçant les sourcils.

« Et pourquoi ça ? lui demanda-t-il.

— Ben, répondit mon copain, il a pu décider d'en finir à sa manière.

— Eh bien, il ne manquerait plus que ça. »

Je décidai d'intervenir à mon tour.

« Si on demandait à la bouchère ? Peut-être qu'elle sait quelque chose. Il a pu s'en aller simplement faire des courses. »

Le commissaire hocha la tête pour me faire comprendre qu'il était d'accord. Il reprit le couloir et on s'empressa derrière lui. Ça se corsait, ça devenait de plus en plus passionnant.

La gentille commerçante nous reçut encore avec son charmant sourire qui faisait tant d'effet sur Victor. Je l'observais. Il ne pouvait s'empêcher d'en rougir. C'est vrai qu'elle était belle.

« Monsieur Chausson, nous dit-elle, il est parti voici environ dix minutes. Un taxi est venu le chercher. Il portait son imperméable, son chapeau et il tenait une valise à la main.

— Le type ! me souffla Victor, il a fichu le camp. »

Le commissaire était un vrai professionnel. Il n'hésita pas une seconde.

« Vite, les gars, nous lança-t-il, direction la gare ! »

On se précipita dans la voiture. Il colla le gyrophare sur le toit, lança la sirène et démarra en trombe.

Un sacré chauffeur, le commissaire. Il fonçait à tombeau ouvert sur le boulevard, frôlait les autres voitures, virait à la corde, doublait, redoublait à une telle vitesse que les pneus en criaient de frayeur. Moi, je n'étais guère rassuré. Je me cramponnais à la poignée fixée au-dessus de la porte et je serrais les fesses. Je ne dirai pas ce que faisait Victor. Je n'avais guère envie de me retourner pour le regarder. Je suppose qu'il s'accrochait comme il le pouvait.

Un vrai film américain, comme à la télé. Seulement, là, on faisait partie des acteurs. Je m'en souviendrai toute ma vie.

Enfin, on arriva devant la gare. Coup de frein brutal, la voiture qui stoppe, la sirène qui étouffe son hurlement. Ouf !

« Vite, les gars, faut le trouver avant qu'il prenne le train. Toi à droite, toi à gauche ! »

On se dispersa suivant les ordres qu'on venait

de recevoir. La gare de notre petite ville n'est pas très grande, mais il y avait beaucoup de monde en ce samedi soir. Je savais qu'un train allait bientôt partir en direction de Paris. Je m'élançai vers le quai.

Les voyageurs attendaient bien sagement. Je les dévisageai les uns après les autres. Beaucoup de jeunes. Pas trace de celui que je cherchais. Je repartis en courant vers l'intérieur de la gare.

C'est alors que j'aperçus Victor qui m'adressait de grands signes. Il venait de découvrir notre homme qui faisait la queue à un guichet pour acheter son billet.

« Tu le vois ?

— Oui. »

Le commissaire se glissa doucement derrière lui.

« Il veut connaître quelle destination il va prendre, me souffla mon copain. Une fois le billet en poche, il ne pourra plus nier sa tentative de fuite. »

Avec Victor, on se faufila le plus près possible, tout en nous efforçant de demeurer cachés. On vivait vraiment le film. Mon copain exultait. Moi, je ne sais pas pourquoi, je ressentais un peu de peine.

Le malheureux allait tomber dans le piège qu'on lui tendait. Il n'avait pas l'air d'un grand criminel, plutôt celui d'un pauvre type qui n'a pas eu de chance.

« Ça y est », dit Victor en me lançant un coup de coude dans les côtes.

En effet, le relieur venait de se retirer du guichet. Sa valise à ses pieds, il tenait son billet de sa main valide tout en essayant de ranger son portefeuille dans sa poche.

C'est alors que le commissaire lui tapa sur l'épaule. Je le vis sursauter, se retourner brusquement, et je crus qu'il allait défaillir. Sa tête, labourée par les coups de griffes de Poussy, se mit à trembler. Ses lèvres entreprirent de marmonner des mots qu'il ne prononçait pas. On s'approcha.

« Monsieur Chausson, demanda le commissaire, où voulez-vous aller comme ça ?

— Ben... ben... »

Il parvint à se ressaisir un peu.

« À Paris, monsieur le commissaire, cela me serait-il défendu ? »

La question était pertinente. Elle pouvait être embarrassante pour le représentant de la police. En effet, rien ne l'empêchait de voyager. Il n'avait jamais été suspecté de quoi que ce soit. C'est alors que je compris qu'on avait toujours raison quand on représentait la force.

« Maintenant, oui, répondit le commissaire.

— Puis-je savoir pourquoi ?

— Parce que j'ai de nombreuses questions à vous poser, notamment en ce qui concerne une certaine émeraude sertie dans un collier de cuir rouge. »

Il ajouta pour être plus précis :

« Un collier de chat.

— Je ne vois pas ce que vous voulez dire.

— Et même, poursuivit le policier, il pourrait être question de la mort de votre voisin, le professeur Duplantin. Une mort que l'on pourrait taxer d'assassinat. »

Le pauvre homme se sentit perdu. Il voulut essayer de se défendre, mais son comportement le trahissait. Sa main, ornée du gros pansement, tremblait de plus en plus. Dans son visage enflammé, ses yeux allaient de droite à gauche. On aurait dit qu'ils cherchaient une issue de secours.

Le commissaire s'en aperçut. Tout comme moi, il fut pris de pitié.

2
BILLETS

« Monsieur Chausson, dit-il, si nous allions chez vous au lieu de demeurer ici sous les regards des gens ? Nous pourrions parler plus librement et vous me raconteriez tout. »

Il fit un signe affirmatif de la tête, et on se dirigea tous les quatre vers la sortie de la gare. Les personnes qui nous avaient regardés un moment retournèrent à leurs occupations.

Le trajet en voiture se fit en silence et à faible allure. Pas de sirène ni de gyrophare. Aucun de nous ne parlait. L'atmosphère était plus à la tristesse qu'au triomphalisme. Même Victor le ressentait.

Une fois arrivé à son domicile, monsieur Chausson ouvrit la porte et nous fit entrer à l'intérieur. Il nous mena vers un petit salon vieillot. Là, il nous invita par gestes à nous asseoir dans les fauteuils. On ne se serait pas cru au moment de l'arrestation d'un malfaiteur. Le commissaire demeura debout. Il fit face à l'intéressé.

« Et maintenant, dit-il en tendant la main, donnez-le moi. »

Le vieux relieur ne chercha pas à se dérober. Il fouilla dans la poche intérieure de son veston et en retira le collier de cuir rouge. Le commissaire le prit, examina l'émeraude. Elle était grosse comme une cerise, mais d'une magnifique couleur verte.

Le commissaire nous montra le collier.

« Celui de Poussy, je suppose ? »

Comme nous le voyions pour la première fois, il nous était impossible de répondre. Le pauvre homme le fit pour nous.

« C'est bien le sien, dit-il. Je le lui ai pris voici une dizaine de jours. On dit que certaines pierres précieuses portent malheur. Je crois que c'est le cas pour celle-ci. Quant à la mort de monsieur Duplantin, il s'agit bien d'un accident. »

Il paraissait prêt à raconter toute l'histoire. Le commissaire décida d'en profiter.

« Asseyons-nous, dit-il, dites-moi ce qui s'est passé. Je ne vous prends pas pour un bandit, monsieur Chausson, mais vous avez intérêt à ne rien me cacher. »

Il préféra s'asseoir sur une chaise plutôt que sur un fauteuil. Ainsi, il devait se sentir moins diminué. Il essuya ses yeux de sa main valide. Quand ce fut fait, il respira longuement avant de commencer sa confession. Sa voix était brisée, monotone.

« Tout a débuté, dit-il, le jour où le professeur

me fit la confidence au sujet de l'émeraude. Je connaissais Poussy depuis qu'ils avaient emménagé dans l'immeuble du fond de la cour. Il était gentil et venait souvent me voir. Comme vous le savez, je vis seul. Ses visites m'apportaient un peu de distraction. Je le caressais, je lui donnais quelque chose à manger. Il était chez moi comme chez 1ui.

« Depuis notre rencontre, j'admirais son collier et plus particulièrement la verroterie qui l'ornait. Un soir, alors que je parlais à monsieur Duplantin, je lui dis combien je la trouvais jolie. C'est alors qu'il me confia : " Monsieur Chausson, il ne s'agit pas d'un simple morceau de verre, mais d'une émeraude véritable que j'ai rapportée des Indes. Une émeraude qui vaut bien dans les cinquante mille francs. "

« Cinquante mille francs ! Je n'en croyais pas mes oreilles. Cinquante mille francs accrochés au cou d'un chat ! Moi, je n'avais guère de travail, je ne parvenais plus à payer mon loyer, j'avais de nombreuses dettes. N'était-ce pas de la folie, de l'injustice ?

« C'était trop tentant. Je me dis qu'une pareille somme me rendrait un grand service, alors qu'elle ne servait à rien au cou de ce chat. Je me dis également qu'il pourrait perdre son collier au cours de ses vagabondages. Son maître pourrait le penser, si un jour il revenait en ne l'ayant plus autour du cou. Petit à petit, l'idée fit son chemin dans ma tête. Après tout, si je m'en emparais, personne ne viendrait à me soupçonner. Plus tard, j'irais à Paris et j'arriverais bien à vendre l'émeraude.

« J'hésitai longtemps. Hélas, chaque fois que Poussy venait me voir, j'étais de plus en plus tenté. J'avais même l'impression qu'il me regardait au cours de ses visites et qu'il me disait : " Alors, tu le prends ou tu ne le prends pas ? " Une véritable obsession. J'en devenais fou.

« Un jour, je me décidai. Comme je craignais qu'il me soit difficile de lui enlever le collier, j'achetai une de ces bombes de défense vendues dans le commerce. Je devais ainsi pouvoir l'aveugler ou bien l'endormir. Tout au moins, je le croyais.

« Patiemment, j'attendis l'occasion. Un matin, je trouvai Poussy roulé en boule sur le pas de ma porte. Il était assoupi et ne bougeait pas. J'allai chercher ma bombe, je la lui déchargeai en pleine face. Hélas, au lieu de s'immobiliser, il poussa un cri épouvantable et bondit à toute vitesse en direction de l'escalier menant chez son maître.

« Je courus après lui, le rattrapai sur le palier et parvins à le saisir car il ne voyait plus clair. Je lui arrachai son collier malgré ses coups de griffes et ses morsures. J'allais repartir nanti de mon précieux butin quand la porte du logement s'ouvrit. Le professeur apparut. Me voyant le collier à la main, il comprit ce que je venais de faire. Il se jeta sur moi pour me le reprendre. La lutte nous fit basculer et dégringoler tous les deux dans l'escalier.

« Une fois en bas, je me relevai sans trop de dommage. Malheureusement, monsieur Duplantin demeurait immobile. Il paraissait avoir perdu connaissance. Je m'approchai et constatai avec effroi que son cœur ne battait plus. Sa tête ayant heurté le coin d'une marche, il avait été tué sur le coup. Imaginez ce que je ressentis et la peur qui s'empara de moi. Je m'enfuis alors en direction de mon appartement. J'y demeurai longtemps sans en sortir.

« Je dus cependant le faire. C'est alors que je me trouvai nez à nez avec Poussy. Les jours avaient passé, mais il n'avait pas oublié. Dès qu'il m'aperçut, il poussa un cri de bête fauve et me sauta au visage. Il cherchait à me crever les yeux. Sans l'intervention des autres voisins, il y serait sûrement parvenu. Voilà, monsieur le commissaire, vous savez tout. »

Le silence s'établit entre nous. En moi défilaient encore les images suggérées par le récit du relieur. Je le regardai. Il baissait la tête et semblait fixer un point sur le plancher de son salon. Ma première impression avait été la bonne. J'avais devant moi un pauvre type qui n'avait jamais eu de chance. Pour la première fois de sa vie, il avait commis un délit. Alors, la catastrophe s'était abattue sur lui. La mort du professeur le poursuivrait jusqu'à la fin de ses jours. Le commissaire se leva. Lui aussi semblait en proie à de profondes réflexions.

« Bon, dit-il, maintenant, il faut y aller. Je suis obligé de vous demander de me suivre jusqu'au commissariat où nous enregistrerons ce que vous venez de nous dire. »

Le relieur ne répondit pas. On sortit dehors, et il referma soigneusement sa porte à clé. En lui-même, il devait penser : « Reviendrai-je un jour ? »

Le jugement eut lieu plusieurs mois après.

Comme c'était un mercredi, j'y allai en compagnie de Victor et de Virginie. De nombreux copains de notre classe y assistaient aussi. À la demande du juge, Poussy était présent, blotti dans les bras de madame Leleu.

Jean Chausson fut condamné à deux années de prison dont une avec sursis. La mort de l'ancien professeur ne fut pas retenue contre lui.

Après avoir entendu le verdict, Virginie me glissa à l'oreille :

« Dans le fond, si on ne s'en était pas mêlés, personne n'en aurait rien su. »

Je me suis demandé et je me demande encore si elle ne le regrettait pas.

Et Poussy ?

Madame Leleu l'adopta définitivement.

Et le collier ?

On le remit avec l'émeraude autour du cou du chat. D'après le juge, il en était le seul propriétaire. C'est ainsi qu'on le revoit à nos cours d'anglais et pas peu fier de nous le montrer. Il fait un peu figure de héros. Pour nous tous, il est avant tout notre cher vieux matou.

Du même auteur :

Éditions Magnard
Le Trésor de Chang.

Éditions Hemma
Fannie et la louve.
Rolph, fils de la louve.
L'Aigle du Caucase.
Les Inconnus du ciel.
La Planète inconnue.
Le Violon du Diable.

Éditions Casterman
Les Clous de Satan.

Éditions Milan
Berlin, les enfants et la guerre
(Prix du roman historique de la Vienne 1994).
L'Enfant à l'étoile jaune
(lauréat Livre de l'été 1995, Prix du roman historique de la Vienne 1995, Grand Prix des Jeunes Lecteurs 1995 décerné par la PEEP).
Nuit étrange dans la Taïga.
L'Enfant du village perdu.
Les Sept Péchés du Diable.

Imprimé par Vincenzo Bona – Torino (Italie)
N° d'Éditeur : 99/088 – Dépôt légal : Mars 1999